冯玉奇·通俗小说
FENGYUQI
TONGSUXIAOSHUO

HUALUO
CHUNGUI

花落春归

冯玉奇 /著

中国文史出版社

图书在版编目(CIP)数据

花落春归／冯玉奇著. -- 北京：中国文史出版社，
2024.3

（冯玉奇通俗小说）

ISBN 978-7-5205-4353-8

Ⅰ.①花… Ⅱ.①冯… Ⅲ.①长篇小说-中国-现代
Ⅳ.①I246.5

中国国家版本馆 CIP 数据核字（2023）第 186132 号

责任编辑：蔡晓欧

出版发行：**中国文史出版社**

社　　址：北京市海淀区西八里庄路 69 号院

邮　　编：100142

电　　话：010-81136606　81136602　81136603（发行部）

传　　真：010-81136655

印　　装：廊坊市海涛印刷有限公司

经　　销：全国新华书店

开　　本：880×1230　1/32

印　　张：6.5　　　　字数：102 千字

版　　次：2024 年 3 月第 1 版

印　　次：2024 年 3 月第 1 次印刷

定　　价：48.00 元

目　录

一

虽然这是一个春天的季节，但这一个房间里是充满了沉闷而又凄凉的气氛，好像是并没有一些春的气息。有一个中年的太太，脸上掩了一方手帕，在偷偷地拭眼泪；有一个年纪相仿的男子，在暴跳如雷地愤怒着；另外还有一个二十几岁光景的少年，却是强头倔脑表示并不肯甘心承受一种无理屈服的神气。

这到底是为了什么事情呢？从他们几方面谈话的情景猜想起来，方才知道是为了一种婚姻问题。做母亲的对儿子好像还不忍大声地怒叱，她终是那么含了缓和而又劝导的口吻，低低地说道：

"春明，你这孩子终要想明白一些儿，千万不要再倔强了，父母给你做的事情，绝不会有丝毫的恶意存在。你看去年你爸爸给你表哥说的这头亲事也多么的好，女家也非常的有财有势。现在你表哥到底谋着了好的差使，你爸爸给外甥也这样爱护，何况你是他自己的儿子呢，谁不想自己儿子讨一个好媳妇呢？钱斌忠这三个字不必说了，在上海根本妇孺皆知的，你爸爸今日有这样地位，不也是全靠他的提拔？至于他女儿碧霞，我也见过了好多次，人生得真漂亮，谈吐又灵活，性情更是温和，她肯嫁给你做妻子，这也不知是你几世修来的福气，谁知你还一味地不要，老实地说，别人家磕破了头还求不到呢。"

"照妈说起来，她真是一件宝贝了。不过我可不是乡下人，为什么偏要去觅这个宝？"

春明回答的话，倒包含了一点幽默的成分，站在旁边的丫头红玉听了，几乎抿着嘴儿要笑出声音来。但他的父亲周兆光却越听越气得把手在台上狠狠地一拍。经此一拍，他嘴里衔着的雪茄烟便掉了下来。红玉连忙给他拾起来。兆光一面接了，一面便怒气冲冲地又骂起来道：

"什么，什么，你这小畜生简直是发了疯了，你母亲这样劝导你也算是至尽至善了，不料你还是这么的不听话。我老实对你说，你爸爸没有他们的提拔，哪里有今天的一日？我没有今天的地位，你哪里来这样的好日

2

子过？不要说没有给你到大学去读书，恐怕连黄糙米饭你也没处去吃一顿呢！真是岂有此理，浑蛋之至！"

"我以为一个人生长在世界上，做了叫花子也没有饿煞的地步，只要有两只手去做，有两条腿去跑，做苦工、拉车子，什么事都可以去做，难道我就怕饿死了不成？比方说爸爸也是一个有学问的人，俗语说得好，有本事赚饭吃，那你何必要他提拔？不是说一句不好听的话，在他这种衣冠禽兽下吃这一碗子孙饭，恐怕将来被人家连祖坟都掘光了呢！"

兆光这一番教训并不使春明感到一点佩服，而且还有一种强烈的反感，因此他凭了一时的血气方刚，不顾一切地竟向父亲回答了这几句话。这是几句多么严重的话，至少是包含了无数刺耳的成分，把兆光的内心刺得血淋淋地疼痛起来。这回他是怒极了，猛可地站了起来，把手中的雪茄也抛掉了，伸手要去打春明的嘴巴。幸亏周太太从中把他拦住了，一面劝，一面向春明埋怨。兆光似乎也觉得要打一个二十几岁的儿子，有点打不落手，现在既然被太太拦住了，也乐得顺水推舟地仍旧回到椅子上来坐下。不过他还气得手脚发抖，把桌子连连地拍着，大声地骂道：

"你这小畜生，真是忤逆不孝，我做父亲的什么地方对不住儿子，你竟然这样地冲撞我？既然你翅膀长成了，你用不到爷娘来管束了，那么你给我滚出去，你给我滚出去！"

春明虽然也感到自己说的话太过分了一点，这使做父亲的确实有点下不了面子。不过为了自己终身的幸福、前途的光明，他觉得是绝对不能委曲求全地苟安在这一个黑暗家庭之下。所以他把脚一顿，表示下了一个决心似的，回身预备奔出的样子。这一来把周太太急了起来，红玉似乎也了解太太的意思，她先在房门口阻挡了，因此周太太才赶上来把春明拉住了，哭起来道：

"春明，你是不是交了墓库运？你难道真的预备抛掉父母走了吗？我养了你这二十年来，是花费了多少的心血。我在人家的面前，总是说我的儿子好，我的儿子孝顺，你现在不听我的话，你叫我怎么有脸儿做人？你要是走，你先拿把刀来把我这条老命杀了吧！叫我没有看见这一回事，任便你飞到天边去，也不关我的事了。现在我这一口气没有断，你终不能离开我。春明，你难道不替我做娘的顾全一点面子吗？"

"少爷，你不要太固执了，这头婚事就慢慢地再商量吧！太太哭得这样伤心，你的良心到底也有些不安吧！"

周太太哭得仿佛死了什么人一样的伤心，红玉在旁边看了有些酸楚，不由得红了眼皮，也向他低低地劝阻。春明这举动也无非一时之气愤，在过去了这气愤的时间，他也有点软化下来，所以站在窗口旁的花架边，一声儿也不作答。兆光好像也知道儿子的个性，是吃软不吃硬的，所以他的态度也平静下来。在经过了这一会子沉默之后，只流动了周太太呜呜咽咽的哭声，那么刚才这一个紧张的场面，此刻倒反而又添了一点凄凉的成分。兆光在叹了一口气之后，放低了语气，又温和地说道：

　　"春明，你要想想你的父母都已经五十相近的人了，我们并没有三男四女，一共也就只有你这么一点骨血，你要知道我们对你的一番期望是多么的迫切。常言道，为谁辛苦为谁忙，我所以忙忙碌碌地早出晚归，在外面忍气吞声，也无非是为了你一个人。你母亲要给你早点娶亲，她是因为见别人家都做了婆太太，都有了孙子抱，所以她是多么的眼痒。要晓得男婚女嫁这是古今皆然，哪一个人逃得过这一层阶段？再说到这位钱小姐，今年十九岁，比你小一年，真可以说得上珠联璧合，一对玉人。论她的家庭，比我们要高得多；论她的容貌，比你也差不了多少，人家做丈人丈母的肯看中你，这你

5

是多么的庆幸。老实地说，这个时代都是他的世界了，你是他们的女婿，而且他也没有一个儿子，那么你前程的远大，不是可以说得上一句鹏程万里吗？春明，我做父亲的向你恳求，你可怜可怜我们做父母的苦心，就答应了这头亲事吧！"

春明听父亲说得这样可怜，好像是一个乞丐向一个路人商借什么的样子。虽然他的心也有点软了，不过他的正义之感还是像波浪一般在心胸中翻动，他觉得父亲确实非常的可怜，但这可怜是显出他的愚蠢和无知识。父亲的眼光是这样的短促，父亲的思想是这样的错误，他觉得父子间是隔开了一条远阔的鸿沟，那么两方面如何合得拢来呢？他想再反抗，再有所表示，但他见了母亲在旁边哭泣的样子，他想到了那句"天下无不是的父母"，他竟消失了再使他倔强的勇气，因此默默地呆住了。经他这会子呆住后，周太太的眼泪收束了，拭了拭眼皮，望了春明一眼，低低地又说道：

"春明，你到底预备怎样？你快点儿痛痛快快地说一句，我的老命反正在你的手里。你答应了，我还能见人；你若不答应，我也只好一死了之，终算我活了四十五年，也够的了。"

"那么钱小姐是否也同意这一头婚姻呢？因为两性

的结合，也不能给外界随便地做主，就是我答应了，万一钱小姐在外面倒另有意中人的，这不是也枉然的吗?"

周太太是用一种死的方法威胁他，春明为了一点孝意，没有办法，所以他的话已经有了转圜的地步。周太太这才转悲为喜，不由得露出一丝笑意，点了点头说道：

"这个你请一百二十个放心，人家做父母的当然对女儿的终身也有七分把握，所以才肯做这个主意。那么你既然答应了，喂，你可以去和钱家说妥了，我们商量拣个日子，也可以先来举行一个订婚典礼，说不定下半年就可以给他们结婚了。"

"好的，我马上就到钱家去一次，我本来还有一件公事要和他去讨论讨论。"

周太太在喂过了一声之后，以下的话就是对兆光说的了。兆光不待春明有所表示，遂接上来回答。同时他已站起身子，表示这一个婚姻问题已经有了圆满解决的神气。他戴上了这顶绅士式的呢帽，拿了司的克，便已走出房外去了。春明觉得父母的对白简直有些自说自话，不过事情已经到了这般地步，也只好由他们去办理，忍不住深深地叹了一口气，便回到自己的书房内去。周太太似乎还有点不放心地问他到哪里去，春明回

7

头答道：

"人家学校里还有许多的功课要做呢！妈，你放心，我既然被你们强迫地答应了，我也绝不会再有什么意外的变化了。"

"嗳！你这孩子怎么说强迫地答应了？明天给你订婚的时候，你见了这位如花似玉的未婚妻，只怕你的心里就会感激我们做父母的成全你这一头亲事了。"

春明这些话听到周太太的耳朵里，她的心才觉得安定了一点，便向他笑嘻嘻地说。在这时候的房中，听到窗外那一阵小鸟的歌唱，才感到有些春的意味。春明并不回答什么，就匆匆地到自己书房里去，坐在写字台旁，做了一会儿功课。但此刻他心中有了这一层波浪之后，自然乱得十分，所以搁下了笔，抬头望着窗外春风动荡中的柳丝，引起了无限的感触。一个所谓时代化的要人的女儿，她虽然是在学校里读书，不过从她的环境而说，很可以明白她至少是一个很浪漫的交际花，那么读书当然是一个名义。也许她会像杨柳这般的轻狂，像桃花那么的放浪，这种女子给我做伴侣，我实在还够不到资格。再预料将来的情形，我的生活一定是痛苦，我的前途一定是黑暗。葬送我这终身幸福的是谁？却是爱我的父母！唉，那叫我还有什么话可以说呢？春明正在

8

独个儿自思自叹，不知暮色已降临了大地，天空中已掩映着一钩画眉似的新月，挂在柳梢的尖头儿上，倒颇含有一点画意。这时忽然室中的灯光亮起来，春明回头去看，原来是红玉端了一碗莲子红枣汤，笑盈盈地走进来，低低地说道：

"少爷，太太怕你肚子饿了，叫我烧碗莲子汤来给你吃。"

"嗯，你放在桌子上吧！"春明点了点头并不十分高兴地回答。

"少爷，老爷回来了，你知道吗?"红玉站在旁边，抿了嘴儿却微微地笑。

"不知道，有什么消息来报告吗?"春明有些急促的神情，向她追问。

"恭喜你，少爷。他们已经把订婚的日子拣好了，是下个月的初五，算来还有一星期光景，你听了心里欢喜不欢喜?"

"吓！这是我们男家的事，为什么要他们女家来拣日子? 这真是岂有此理！爸妈只知道攀高亲，明天受了气，我看他们就懊悔也来不及了。"

春明听了，不但一些没有高兴，还很忧愁地回答，而且在这忧愁之中至少还有一点生气的成分。红玉瞟了他一眼，却不以为然地说道：

"少爷，我说你这是考虑过分的缘故，也许事实上不会给你想象那么的失望。况且钱家小姐容貌漂亮，家里又富有，将来你们结婚的时候，还有一副好嫁奁送过来，所以这是你的福气，换了别人，欢喜还来不及，谁知你还这样地烦闷着，那可不是太傻了吗？"

"你懂得什么？我就不喜欢人家那些有钱的姑娘，要知道这些姑娘，在家里娇养惯了，在外面交际惯了，眼睛生在犄角上，我们做丈夫的将来还受得了她们的折磨吗？"

春明听红玉倒向自己埋怨起来，遂瞪了她一眼，向她解释自己所以不喜爱的理由来。红玉听了摇摇头，一面指了指那碗莲子汤，一面又低低地说道：

"少爷，我以为你说的也不过是一种猜想，猜想的事情是作不得准的。也许钱小姐倒是一个大贤大德的姑娘，她很会体谅丈夫，她很会把持家政，那么你此刻的胡思乱想，固然是太冤枉了钱小姐，而且也太自寻烦恼了。好了，少爷，莲子汤冷了，你还是吃莲子汤吧！"

红玉说完了这两句话，她回转身子，要走出书房去的样子，但料不到却会被春明拉住了。红玉回头望了他一眼，谁知少爷目不转睛地呆视着自己出神，好像有什么作用似的。一时被他看得两颊绯红起来，羞涩地问道：

"少爷，你拉住我干吗？有什么吩咐吗？"

"红玉，我看不出你一个低下人倒也很会说得上几句话，不是我有轻薄你意思地说，假使我要娶钱小姐，我还不如讨你做妻子的好。"

"啊呀！少爷，你没有喝过酒，怎么竟说出这些醉话来了？被太太听见了，这还了得吗？像我们这样苦命的女子哪里有这一种福气？恐怕是只有待来生的了。"

红玉做梦也想不到春明会说出这几句话来，她一颗处女的芳心便像小鹿般地乱撞起来，一面挣脱了他的手，一面回答着，同时又急匆匆地奔出房外去了。春明望着她消失了的后影，心中倒又懊悔起来，虽然在自己是无意中的一个比方，但这多少是含有一些挑逗的成分，在一个情窦初开的少女心里，至少使她芳心里增加了一层感触的悲哀吧！春明想到这里，情不自禁地又叹了一口气。当他握着调羹柄吃莲子汤的时候，自己不由低低地说道：

"莲子的心苦，我比莲子的心更要苦着十分哩！"

"哈哈！春明，莲子的心虽然苦，但有了这几颗红红的枣子，那么莲子也就甜蜜起来了。"

春明话还未说完，只听一阵哈哈的笑声，接着便有这几句话在他耳边流动，连忙回头去看，原来是母亲的弟弟沈君毅。于是连忙站起身子，很不好意思地红了脸儿，叫了一声："舅父，你多早晚来的?"君毅把手摆了一摆，说道：

　　"春明，你只管坐下来，刚才你父亲打电话给我，叫我做一个现成媒人，我一听要讨外甥媳妇了，那么我好做舅公了，心里欢喜得什么似的，所以一辆车子就匆匆地赶了来。不料你父亲告诉我，说你对于婚姻问题似乎还不大需要，所以曾经竭力地反对。我说一个大学读书的青年，对于早婚固然是不大相宜，但先订一个婚，我倒非常地赞成，因为一个人有了未婚妻之后，他好像是已经吃下了定心丸，当然见了女同学也不会再有想入非非的念头了，这样使他可以专心地用功读书，不会再荒废学业去滥交女朋友。春明，你说我这个话有没有道理?"

　　"舅父是一个法律家，你说的话还有一个不是吗?那么又要费你老人家的心了，真是很对不起。抽烟吧!"

　　春明看见这一位口若悬河的舅父，素来会感到有些头痛，所以他不愿和他多发生口头上的争论，遂取了一支雪茄给他，表示十分感激的意思。君毅很得意地笑了一笑，接过烟来，说道：

"给外甥办婚姻的事情，我心里十分高兴，所以你根本用不到一点儿感谢的，只要你们养儿子的时候，多给我吃几个红蛋也就是了。"

"舅父，你怎么和外甥开起玩笑来？这几天你老人家业务忙不忙？"

春明微红了两颊，笑着回答。两人闲谈了一会儿，红玉便来请两人到外面用晚饭去了。这天晚上，忽然落起一阵雨来，春明坐在房中看书，听了外面淅淅沥沥的雨声，好像全身感到了一点凄凉的意味。就在这时，红玉抱着一床被头进来给春明床上那条被儿换了，说道：

"太太说，虽然是春天的季节，但一落了雨，天气就转冷许多，所以叫我给少爷换一条厚点被儿。"

"嗯，红玉，你给我倒一杯开水。"

红玉回身要出房去，听少爷这样说，遂又走到桌子旁，给他倒了一杯热茶，放在他沙发旁的茶几上。春明拿了凑到嘴边去的时候，忽然又放下了，望了红玉一眼，说道：

"太热了，有些烫嘴，你给我弄得凉一点吧！"

"我给你到太太房中去弄一杯温开水来好不好？"

"不，你给我用嘴儿吹吹凉好了。"

春明一面回答，一面依然一本正经地看他手里拿着的一本书。红玉红了两颊，不由得暗暗地想了一会儿，觉得少爷今天对自己的情形好像有点神秘的作用。春明见她并不实行自己的吩咐，遂抬起头来，他不知打哪里来的一股子勇气，却把红玉的手儿拉住了，红玉站脚不住，身子向前一冲，便跌在春明的怀里。红玉心中一急，连忙要挣扎着站起来，春明却大胆地把她抱住了，笑着说道：

"为什么不给我吹凉了热开水？你不听我的吩咐吗？"

"少爷，看你倒是一本正经地闹着不要结婚，谁知你完全戴了一副假面具。从你这种毛脚毛手的举动看起来，我觉得你简直不能再挨下去了，下星期订婚还是索性改为了结婚，那岂不是好吗？"

"不，因为我心里不赞成这一头婚姻，所以我心中有这么一个意思。假使你愿意我爱上你的话，我情愿带了你一同逃婚。"

红玉坐在春明的怀里，听了他这几句话，她全身的细胞都会极度地感到紧张起来，遂推开他的身子。春明却拉她在旁边一同坐下，红玉给他一个嗔恨的白眼，微微地冷笑了一声，说道：

14

"少爷，你这是什么话？你自己预备逃婚，难道把我当作你的牺牲品吗？我虽然是个低下人，但我到底还有我的清白，我岂肯莫名其妙地跟你一同逃走？你自己也知道你父母做主的婚姻你不情愿，那你就不明白你此刻对我说的话，还不是和你父母一样的一厢情愿吗？"

春明再也想不到红玉对自己有这一番教训，一时倒也哑口无言，两颊涨得像喝过了酒一般地通红起来。红玉见他低垂了头儿，似乎有点羞愧的意思，一时也觉得自己说得未免太严重了一点，遂又低声儿说道：

"少爷，你不要生气，也许我是一时急糊涂了的缘故，所以说得太过分了。不过我要向你劝几句话，你父母给你做主的婚姻，在大体上说，是没有什么意外的错处，所以你应该要接受他们的好意才对。虽然承蒙少爷的热情，对我发生了爱意，但我到底是个下贱女子，学问固然谈不到，恐怕连普通的知识也浅薄得不得了。至于贫富阶级问题也相差太远了，我不但没有能力可以有帮助你的地方，而且恐怕还会降低了你的身份，所以像我这样一个庸俗的女子，怎么有资格给你做妻子呢？少爷，我想你也是一时高兴的缘故吧？此刻大概你心中也有一点懊悔了吧？"

"红玉，我很惭愧，我很对不起你。是的，我太自

15

私了，我不应该对你有这一种轻薄的举动，因为我太小瞧了你，到此我才知道你是一个有智慧的姑娘，你并不是一个意志薄弱的普通女子。唉！我枉为是个大学里念过书的知识分子。红玉，请你原谅我的错处吧！"

春明用了无限谦仄的目光，向她默默地逗了那么一瞥，低低地向她赔着不是。红玉为什么竟向他这样决裂地拒绝呢？原来她是个很有心计的女孩子，在饭前听了春明说过那句娶钱小姐为妻倒不如情愿娶红玉的好，她心中就早已有了一层考虑，知道少爷对自己不免有了野心的企图。虽然在自己本身而说，少爷肯爱上自己，这到底是一件幸福的事情，不过少爷在过去对自己并没有表示过爱意，他今天突然的举动，多少还是为了受着一点刺激的缘故。那么这种变态上的爱，是绝不会维持久长的，我不能为了一时的兴奋而上了他的圈套，否则，我的终身将会蒙到永无尽期的痛苦。红玉在事前既然已经有了这一层考虑，所以她的头脑是分外地感觉清楚了。现在听春明这样说，倒不免得意地笑起来，扬着眉毛儿，说道：

"少爷，你既然想明白了，那就很好，不过我希望你不要有什么逃婚的举动，因为这样子不但要伤了老爷太太的心，而且对于你的前途恐怕也会遭到意外的危险。少爷，我话虽然这么地劝告了你，但听不听当然还是你自己的主意。好了，我们不必再多说了，请少爷晚安！"

红玉说完了这些话，她和春明弯了弯腰，行了一个四十五度的鞠躬礼，便匆匆地奔出房外去了。春明望着她去远的身子，不由得呆呆地出了一会子神，在他的心里对她不免有了一个深刻的印象，暗暗地自语着道：

"红玉，你真是一个聪敏的姑娘，为什么老天这样的残忍，要把你的身份降低到做人家家里的一个丫头？虽然丫头和小姐同样都是一个人，但社会为什么这样的炎凉？人情为什么这样的势利？要把阶级观念分别得这样的清楚呢？红玉，我实在为你太不平了。"

春明这夜睡在床上，几乎是失了眠。但红玉睡在被窝里，和春明却同样地失了眠，她的芳心里是暗暗地细想：少爷的爱我不知到底是真是假？假使他是一片真心的话，这在我似乎失掉了一个绝好的机会。因为像我这么一个低下人，若能嫁他这么一个俊美的人物，这不是前世修来的福气吗？因此她倒又暗暗地悔恨起来。但转念一想，我已经用了正义的手腕来拒绝了我这一件痛快的事，那我又何必再去恋恋不舍他呢？红玉这样一想，才算静静地睡着了。

一星期的日子虽然很短促，但兆光夫妇替儿子办理订婚的事情也可说是很周到了。男方的媒人是沈君毅，女方的媒人是赵秋民。秋民是一个会计师，说也有趣，两个大媒，一个是律师，一个是会计师，他们奔来奔去自然也非常的忙碌。双方商量之下，已决定假座大上海饭店举行订婚典礼，并且当日在新申两报登载一则订婚启事，草稿是两位大媒老爷拟定的，字句是这样的：

周兆光、钱斌忠为小儿春明、小女碧霞订婚启事

兹承沈君毅、赵秋民两先生介绍，并请海万里先生证明，于本月五日在大上海饭店举行订婚仪式，特此敬告亲友，诸维公鉴。

在这则订婚启事登出之后，一班亲戚朋友无不纷纷前来送礼。到了五日那天，兆光夫妇和春明、红玉等坐汽车先到大上海饭店，一班帮忙朋友在礼堂上早已陈设得焕然一新。不多一会儿，沈君毅和赵秋民匆匆到来，先向兆光道贺，兆光让两人上座，侍役们送上三道茶点，给两人用过，然后把金六礼银六礼聘物聘金都陈列在大厅上，预备给他们送到女家去。君毅见首饰箱内三

克拉钻戒两枚、金项圈一副、金手镯一对、金锁片一副、脚镯一只，还有一枚钻别针，共计八件。洋红十二件，都是舶来品的花呢哔叽，灰背大衣一件、狐狸围巾一对、花呢大衣一件、元细呢大衣一件……其他扛箱二十四扛，里面都扎着红绿彩球，什么龙凤喜糕，什么鸡鹅鱼肉……五颜六色，目不暇接。两位媒老爷都说"好极了，好极了"，于是起身告别，这里脚夫人等挑着聘礼统统都是跟在后面，随了他们车子缓缓而行，向钱公馆而去。

钱公馆里今天也陈设得焕然一新。客厅中央，挂着大红喜幛，并用"雀屏中选"四个黑绒镶边的金字，四面还点缀了五色的小灯泡，因此闪闪烁烁的更是耀人眼目。一副雪亮的五事，点着龙凤花烛，台子旁边四围环绕了许多花篮，香气扑鼻，充满了整个大厅上面。这时碧霞打扮得花枝招展得好像天仙化人一样的美丽，她本来是个时代簇新人物，所以并不掩掩遮遮怕羞的样子，她像蝴蝶穿花似的飞来飞去，笑盈盈地招待着客人，显然在她的芳心里是感到这一分样儿的喜悦了。

媒老爷到钱公馆的时候在大门口先来了一阵砰砰的炮声音，继续又是三个高升，表示欢迎的意思。斌忠等知道扛箱已到，遂都出外迎接，请两位媒老爷上座，献茶敬烟。这时亲友们都在大厅里看着扛箱和饰物，大家都啧啧称赞。不料碧霞心中却认为两只钻戒太小了一点，在她当然是最好五克拉钻戒，所以心里有点不大喜欢。谁知这消息很快地透露出来，自有一班爱管闲事的朋友，不知怎么的竟传到男方的耳朵内。春明听了这个消息，忍不住大发脾气，说："叫他们把饰物统统都退回来好了，我不娶她做妻子，难道怕一辈子讨不着女人吗？"兆光和周太太好说歹说地把他劝住了，说："旁人的话是作不得准的，回头等两位媒老爷回来的时候，向他们问明白了再作计较，你此刻这样地吵闹，那不是太没有意思了吗？"好容易才把春明劝住了。其实春明因为不愿意这头婚事，也无非是借题发挥罢了。不多一会儿，两位媒老爷从女方回来，也回过来了许多扛箱，什么鱼翅海参，什么熊掌鱼唇，什么玉堂富贵，等等，兆光向两人连说"辛苦辛苦"，一面悄悄地拉他们到里面，放着春明面前低低地问道：

"两位媒老爷，听说女家方面对于我们送过去的饰物表示并不满意，不知果有这么一回事情吗？"

兆光一面问的时候，一面向他们连连地丢眼色。君毅和秋民虽然也有所耳闻，不过他们见了兆光的神态，心中就很明白他的意思，所以装作莫名其妙的样子，说道：

"奇怪，奇怪，这是谁造的谣言？我们人儿还没有过来，怎么你们就会知道了这些事？难道你们是顺风耳朵不成？我说这一定是有什么人在搬弄是非，因为他们的亲戚朋友见了这些聘礼聘物，无不啧啧称赞，哪里有什么人表示不满意呢？我说已经结了亲眷，就千万不要有什么私见，否则弄得大家不开心，这又何苦来呢？我说最不好是传话的人，谁说这些话，我倒要向他问一个明白，我没有听见，他难道倒比我消息还灵通吗？真是岂有此理！"

君毅放出一副娘舅的架子，他说到后面这几句话，心中似乎有些生气的样子。兆光听了，向春明望了一眼，连说"你听你听"，表示根本没有这一回事情的意思。春明虽然不说什么，但心中对于这位钱小姐的印象，自然是格外的恶劣了。就在这时候，外面报告钱斌忠和碧霞小姐坐了汽车已经到了，于是大家不再提起，匆匆地出外迎接。周太太和一班女眷们把钱太太和碧霞迎入内厅宽坐，这里春明偷眼向碧霞望了一眼，心中不由暗想，人倒是个好模样儿，但看她那种大方的样子，就可以知道她平日生活的浪漫，所以这种女人将来实在很难管束。春明心中只管暗想，兆光早已叫他向斌忠见礼。斌忠是早已认识春明，就是因为见他的品貌不坏，所以一定要把女儿许给他。大家见礼毕，在大厅上宽坐。这时海万里先生也到了，大家早已在里面迎接出来，敬烟献茶，略事休息。于是司仪的便来向兆光请示，问可否举行仪式。海万里听了，代为连说"可以可以"，于是司仪的便喊起奏乐来。大家一听到乐声之后，便都有了准备，所以订婚的程序相当整齐而快速，最后请海万里先生致训词。海万里并不推却，笑微微地挨近案桌，用了洪亮的喉音，即演说道：

"鄙人承蒙周兆光、钱斌忠两位先生的厚爱，邀作两家证明为其少君春明和令爱碧霞订婚，实在是非常的荣幸。周公子是才胜管鲍，钱小姐是艳比王嫱，所以两位配成一对，诚可谓珠联璧合，天生一对美满的婚姻。但鄙人还有一句话要向两位新人来说一下，就是夫妇乃家庭的起点，社会乃家庭的集合，所以有了美满的家庭，才会产生光明的社会，今日两位的订婚，就是将来新家庭的预备。新家庭应有新生活的实行，新生活是每个国民应该努力运动的日常功课，在席诸位，谅来都很明白。但我希望更要注意的两点：第一，要注意信字，信就是人的根本，孔子曰：'民无信不立'；第二，要注意耻字，耻就是人的原则，孔子曰：'知耻近乎勇'。家庭的腐败，必影响于社会，然社会的不良，必影响于民族民生，没有信，没有耻，根本就谈不到爱情两字。况且爱的范围很广，夫妇固然要相爱，但更希望要爱国家爱人群，这样可以图民族的生存，也可以解决民生的困难。鄙人老朽无能，还希望两位新人认真地奋斗努力才好!"

海万里滔滔不绝地演说了这许多的话，听得众人都很敬服，所以演讲完毕，只听得一阵噼噼啪啪的拍掌之声，震天价响。不过无论什么事情，变化是不可捉摸的，春明和碧霞是否能美满地结成一对新的夫妇呢？这还要请诸位且看下面的转变了。

二

　　碧霞和春明订了婚之后，对于春明的容貌当然是非常满意，因为春明确实在少年群中可以说是一个标准的小白脸。不过在订婚那一天，对于春明的态度却不大欢喜，因为他的举止似乎太老实一点，并没有和人家谈笑风生那么的活泼可爱。所以她在第二天就要求父母请春明到家里来吃饭，以便预先交一个朋友，就可以知道他的性情是真的老实呢，还是那天假意装扮着那一种样子。碧霞的父母对于这位女儿真所谓像夜明珠一般的疼爱，女儿的意思，怎么敢违抗呢？所以立刻发了一张请客帖到周家，是请春明父子两人在舍间一叙，敬备菲酌。春明的父亲得了这张请客单，当然不知道他们是还有另一种的作用，只道他们是客气，所以喜滋滋地对春明说道：

"你看，他们家女儿倒很讲究礼节，订了婚后，就请生头女婿去吃饭。我总算是做了一个陪客。春明，你此刻快去理一理头发，我马上陪你一同去一次。"

"其实这也算不了什么礼节，根本是一种麻烦。既然爸爸要我去，我就这样子去不好吗？为什么偏要去理了头发？那我又不是拿面貌去卖铜钿的。"

春明虽然不敢回答说不去，但是他却用另一种方式表示他心中并不是十二分高兴的神气。

兆光听儿子这样说，他心中倒忍不住又生气起来，瞪了他一眼说道：

"我真不懂你心中究竟是什么意思，竟会说出这一种莫名其妙的话来。谁叫你拿面貌去卖铜钿？我问你，你在学校里读了几年书，难道'礼貌'两字都没有知道吗？我想你这一种脾气，根本是和我做父亲的在捣蛋。我到底在什么地方得罪了你周大少爷，你要跟我这么的难堪？你说……你说，你也给我说出一个理由来呢！"

兆光这种语气，显然气得有些发抖的样子。春明从生落娘胎以来，是从未被父亲这么大声地怒责过，为了这一头婚姻，被父亲怒骂已经是第二次了。那么在他心中想起来，觉得自己所受的委屈，完全是碧霞所赐给的，因此他对碧霞的印象自然也更加地恶劣了。周太太怕儿子恼羞成怒，又发生什么意外，所以庇护着儿子，对兆光埋怨的口吻，说道：

"我看你这几天来的火气好像也特别的大，为什么一开口就这么喉咙响亮的？小孩子懂得什么？你以为不好的地方，也应该好好地劝导他。你这种样子的态度，就是叫我看了也不入眼。"

"好，好，你还要代他来对我说这些话，那么今天的事，难道又是我做父亲的不是吗？我看被你这么地娇养起来，明天还可以爬到我做父亲的头上来了。"

为了儿女的事情，往往会使上面的两老争吵起来，这是常有的现象。春明见了，心中就感到十二分的难受，所以他没有办法地只好表示屈服了的样子，说道：

"爸爸和妈你们不要相吵了，一切的事，终是我儿子不好，所以累你们生气。那么我此刻马上去理发，你们大家就少吵几句吧！"

春明一面说，一面站起身子，就匆匆地奔出去了。于是室内的空气就静寂了许多，只有周太太吸着水烟筒时候发出了呼噜噜的声响。兆光呆呆地坐了一会儿，忍不住叹了一口气，说道：

"我真不明白这孩子到底是为了什么缘故，竟会这样的不喜欢这头婚姻。照理，昨天已经订了婚，姑娘的

26

容貌，他也已经见到过了，这样一个姑娘，还能说她不漂亮吗？我想……我想，春明他在外面一定另有了什么坏女人，所以把他那颗心就迷恋得糊涂起来了。"

"这也很难说，不过照他平日的行为看起来，好像不是一个十分荒唐的孩子。"

周太太似乎也有点捉摸不定的意思，从她额头上几条皱纹来看，就可以知道她是有着十二分的怀疑。兆光有点不信任的表示，摇了摇头，说道：

"一个孩子在家里头显出一本正经的模样，那并不算是一个好孩子。记得我父亲一共生了三个儿子，他口口声声的终是赞美老三最好，人又斯文，说话有礼貌。可是他在外面就不对了，见了女人色眯眯的，结果，身上染了恶疾，终于年轻而夭。所以外表的文静是完全靠不住的。"

"你无论哪一个都可以比方，为什么偏偏要比方你们这一个短命鬼呢？我想春明任他怎么的不好，终也不能和你家老三相提并论的。况且我们是只有这一个命根儿，你横竖可以娶小老婆再去养几个，不过我是除了他之外再也无法去找第二个儿子了。所以你说话也得给我留心一点，别是毫不考虑地就这样随便乱说。假使春明有什么三长两短的话，可全是你咒念出来的。"

周太太对于丈夫这一个比方，大不满意，这就恨恨地白了他一眼，至少是包含了无限哀怨的语气。兆光笑了一笑，把手指了指她，站起来说道：

　　"你这个人的思想就未免太陈旧了，我也不过是举一个例子，并不是说春明就会像我们老三一样的结局，那你又是多说的废话。"

　　"哼！我知道你的心眼儿本来就是狠的。"

　　周太太冷笑了一声，一面说，一面把水烟筒向桌子上重重地一放，一面又在罐子里倒着三十二只的骨牌，两手在桌子上来回抹着，然后整理好了打着五关消遣。兆光怕事情越说越糟，为了太平起见，那还是省一句的好。所以望了她一眼，却并不作答，管自坐到沙发上去，拿了一张小报来阅读，他这种态度，显然是对周太太有不满的意思。但好在周太太自管抹着骨牌玩，所以倒也并没有注意他，否则，当然又是免不了有许多的麻烦。在这一个时间中，周太太倒也并不感到十分的无聊，因为她全副精神贯注在骨牌上，哪一副是顺子，哪一副是五子一色，似乎在她心中会感觉一种特别的兴趣。只有兆光坐在沙发上等待春明去理发回来，这些时间实在不容易消磨，他把这张小报上的每一个字差不多都看遍了，但是春明还是没有回家。他心中是相当的着急，因为天色是慢慢地黑了下来，桌上的那架意大利石膏美人的钟上短针已指六时相近了，假使过了六时不回家，这叫我在钱家那面如何去交账呢？因此他再也熬不住地自言自语地说道：

"奇怪！为什么春明还没有回家来？难道他是骗着我只道去理发，实际上他就这样地避走了吗？假使果然这样的话，这孩子真也太靠不住了。"

"这个我想是不至于的吧！我知道这孩子的脾气，他不答应倒也罢了，若答应了你，就绝不会再有变化的。"

周太太口里虽然这么地说，但心中却在暗暗地焦急。因为窗外的太阳已斜西了，暮色已整个地笼罩了宇宙，万一春明真的是避走了，那倒不是开玩笑的事情呢。就在这个时候，红玉悄悄地进来冲开水，说道：

"老爷，少爷理发回家已经好多时候了，他坐在书房里却静静地做着功课呢！你们钱公馆到底去不去呀？时候也差不多了吧？"

"什么？少爷回家已好多时候了？啊呀呀，这孩子简直胡闹，为什么不到上房里来？红玉，你快把少爷去叫了来吧！说马上就要动身到钱公馆去了。"

兆光听了红玉的话，真是又好气又好笑，连忙站起身子来向她急急地说。红玉答应了一声，她放下铜勺子，便急匆匆地走出上房去了。周太太似乎也放下心来，她此刻倒又要给儿子辩护几句了，说道：

"你倒不要说这孩子胡闹，我以为这就是显得他用功的地方。因为他到底还是在求学时代，假使把功课都荒废了的话，那不是又要被你说他是个腐败的青年了吧?"

"不过用功也有一个分寸，有了要紧的事情……"

兆光说到这里，一阵咯噔咯噔的皮鞋声响进来，于是他就不再说下去了。果然见红玉领着春明走进来，在理了发后的春明，那当然是更显得英俊万分了。此刻兆光心中倒又高兴起来，伸手在衣钩上取下呢帽，手里拿了一根司的克，对春明说道：

"好了，我们快点儿走，别叫人家等急了。"

汽车在路上，兆光又向春明连连地叮咛，说见了长辈都应该鞠躬打招呼不能没有礼貌。春明没有回答什么，只嗯嗯地应了两声。

钱斌忠今天没有请别的客人，因为目的是给他们两小口子谈谈话能够有更进一步认识的意思，所以除了最亲密的几个至亲外，别的人一个也没请。碧霞仍旧是打扮得花枝招展般的十分美丽，她起初是十二分的高兴，但因为时候已经快六点了，而春明还没有到来，所以她心中有这个感觉，好像春明的架子太大了一点，因此她坐在自己卧房里闷闷不乐地生着气。这个时候丫头阿芸却笑盈盈地奔进来报告道：

"小姐，新姑爷已经来了，你快点儿出去呀！"

"哦！知道了。"

阿芸想不到小姐会这样冷冷地回答，一时倒愕住了，暗想：这是什么缘故？小姐的脾气真也有点古怪的了。但是也不去管它，自己碰了一鼻子灰，于是悄悄地退了出去。碧霞呆呆地坐了良久，算是报复了春明迟迟到来的一种手段。不过他们在外面是并不会知道她心中有这一层意思的，还以为是女孩儿家怕难为情的缘故。所以过了一会儿，碧霞的姑妈赵太太又走进房来，笑嘻嘻地催她出去，说："你是一个很开通的姑娘，这会子却又害起羞来了"。碧霞这才被赵太太含笑拖了出来。既然到了会客室，她倒又显出十二分大方的态度，先向兆光深深地鞠了一个躬，叫了一声周老伯，然后又和春明点点头，微微地一笑，说道：

"周先生，你请坐呀！"

"钱小姐，不要客气！"

"你们这样称呼，我觉得太客气了，而且也太生疏

31

了一点。因为你们已经订了婚，那么是一对未婚小夫妻
了，就是怕难为情叫一声哥哥和妹妹，那么也该叫一声
名字比较好得多。"

赵太太倒也是一个很喜欢说笑的人，因为两人以先
生小姐称呼，遂微笑着说。斌忠有个表兄弟，他吸着雪
茄，此刻也插嘴笑着道：

"这就叫作相敬如宾，难道你们还不知道吗？"

"老爷，小船厅里已摆了席，请各位还是用酒
去吧！"

大家正在向两个未婚小夫妇取笑的时候，阿芸进来
对大家说。斌忠于是摆了摆手，对大家连说请请，他们
便都到小船厅里去了。在众人面前，春明和碧霞只好你
看我、我看你地并不说一句话，所以这一餐饭，春明吃
得很快。碧霞是有心人，所以她也匆匆地吃得很快。斌
忠当然明白女儿的意思，遂对女儿说道：

"碧霞，你和春明到书房里去坐一会儿吧！这里闹
得很！春明，你也不必太受拘束，已经订了婚，我觉得
你们更要时常地在一起谈谈才好。"

"周先生，那么请你到书房里坐吧！"

凭了斌忠这几句话，碧霞胆子这就大了一点。因为
有了父亲的命令，当然可以避免自己的难为情，所以红

32

晕了两颊，和春明点点头，她身子先向外面走了出去。春明于是向众人说了一声"各位慢用"，便跟着碧霞跨了出门。碧霞是等在门口，见春明跟出，又向他逗了一瞥娇羞的媚眼，笑道：

"明哥，今天没有什么好小菜，所以你饭吃不下吧？"

"哪里哪里，你这话不是太客气了？我想完全不是为了这个缘故。"

春明想不到此刻她忽然会改口叫了一声明哥，说也奇怪，这时心中对碧霞的恶感已经消失了一半，而且在微微地荡漾了一下之后，感觉有些甜蜜的滋味。从这一点看，可见女色的魔力，是高过于一切的。遂望着她桃花似的两颊，也低低地回答。

这时他们已走到小院子里，小院子地方虽然小，景物却点缀得很幽静，有花卉，有树木，还有假山。这假山是堆在一只很大的盆里，一半还筑成了水道，水面上浮了几尾金鱼。今夜月色很不错，虽然不是挺大挺圆的，但已经是快要团圆了的样子。两人在假山边站住了，碧霞从清辉的月光下绕过无限媚意的俏眼，斜乜了他一下，低低地微笑道：

"你这话显然是意有未尽，那么至少是为了另一个

33

的缘故对不对？"

"嗯，被你猜着了。"

"那么是为了什么缘故呢？我有资格听你告诉吗？"

"我好像记得有一句叫什么'秀色可餐'的话，那么我也许是为了这个缘故，所以我虽然只吃了一碗饭，肚子里确实是已经很饱的了。"

"嗯！你这话说得太俏皮了。"

碧霞在听到了他这几句话，才算是领教了，觉得事实的体会和理想的猜测完全是相反的，原来他是一个善于说话的小滑头，那么他这一副老实的神态当然是故意这么假装的了。一颗芳心，自然是十二分的喜悦，所以嗯了一声，逗给他一个白眼，低头笑了。这一个白眼是嗲的表示，没有一点讨厌的成分，春明瞧了，也忍不住微微地笑起来。但碧霞在喜悦了一会儿之后，她心中倒又有一层忧愁的考虑，暗想，他既然是这样的滑头，那么在外面说不定是早有了什么女朋友的，倒要向他探听探听才好，遂低低地又道：

"明哥，你在学校里除读书之外，平日空下来还做什么消遣呢？我听说你很欢喜跳舞，不知道真有这一个嗜好吗？"

"你听谁说的？"

"终有人向我这么地说，反正我自己又不会造出来。其实这一个时代，跳舞也不能算是一件腐败的事。"

"逢场作戏，偶尔为之，那是我不否认的，至于说我有这一种嗜好，那我就不承认了。照你这么地说，显然你对于跳舞一门大概也有好感吧？"

春明很认真地回答，他说到后面，又故意装出一丝笑容来，向她低低地反问。碧霞是个心直口快的人，她并不有点儿顾忌地点点头，笑道：

"我说跳舞是一个极普通的交际，那也算不了什么的，几时我和你不妨去游玩一次，你心里有兴趣吗？"

"嗯！等下星期学校里放了春假，那就有许多日子可以空闲了。"

春明虽然是这样地回答，但他的心里却有一层猜疑，觉得从她这两句话中看来，就可以明白她平日的私生活是浪漫得很可以了。因此把刚才一度很热烈的欢喜又降冷了不少，暗想，一个女子认为跳舞是很普通的交际，这样她和男人家拥抱在一起，大概也是认为不足稀奇的了。于是想到碧霞的身子也不知是经过了多少男子的拥抱，他心中真有点酸溜溜的不受用。碧霞见他低了头儿不说话，遂又搭讪着问道：

"明哥，你学校里几时放假？一共放几天？我们学校里自下星期一起，共放七天，但还有上面星期六日两天，所以有九天光景。我想在上海也没有什么好玩，假使你有兴趣的话，我们可以到杭州去一次，不知道你的心中也有这一个意思吗？"

"假使没有其他要紧的事情，我也早有这一个愿望。"

"你还有什么要紧的事情呢？我想我们这一个计划还是决定了吧！"

碧霞是很兴奋地回答。春明点了点头，虽然觉得碧霞对自己好像是十二分的亲热，但自己终感到她这一种热情，因为是太大众化了，所以并不是十分的可珍贵了。碧霞见他神情好像有点沉闷，遂挨近了他一点身子，很猜疑地问道：

"为什么你好像有些不高兴的样子？"

"不，因为我是多喝了一些酒，所以有些头痛。"

"外面风很大，那么我还是扶你到书房里去息一会儿吧！"

碧霞这回很关心地去握他的手，接着又多情地回答。春明被她软绵绵的纤手儿一握，因为是从未亲近过女色的缘故，他全身的细胞都会感觉有点儿紧张，所以他把一点轻视的恶感又消失了，跟着她一同走进了书房。这是碧霞平日私人的书房，因为是一个女子住的，所以一切的陈设，也都包含了一点粉红色的脂粉气。碧霞给春明在沙发上坐下之后，她又在暖水壶里倒了一杯茶，送到春明的面前，很小心地问道：

"你还觉得头痛吗？要不我给你去弄一包人丹来吞下了？"

"不用了，我已经好得多了。碧霞，我问你一句话，你几岁那一年母亲过世的？"

"十六岁那一年吧！唉！可怜我母亲死得真伤心，一转眼却又有三年了。"

"你母亲是生什么病症死的呢？"

春明听她说完了，好像盈盈欲泪的样子，一时倒很奇怪，不免怔怔地问她。碧霞在他身旁轻轻地坐下了，拿了手帕在眼皮上拭了一拭，低低地告诉道：

"我母亲是生小孩子难产死的，断命这些接生的西医都是饭桶，因为母亲这一胎是双胞胎，所以一个小孩子下来，那胞还没有落下，医生应该安慰产母才好，谁知她却叫两声难产，母亲心中一急，就惊了风，因此不到半个月就死了。唉！到现在也有三年了。"

"那么这两个孩子现在都养着吗？"

"都是讨命鬼，在母亲头七之后也相继地死了。假

37

使我母亲在着的话，我的生活方面终还是可以再舒服一点了。"

碧霞恨恨地骂了一声讨命鬼，她说完了这两句话，大有凄然泪下的样子，显然她是很想念她的母亲。春明拿了茶杯喝了一口茶，回眸望了她一眼，低低地笑道：

"你现在这样生活难道还不能算为舒服吗？那么你将来嫁给了我，恐怕还没有像现在这样的舒服呢！因为有公婆的人家，规矩很大，早晨起来，先要给公婆面前请安送茶，这种受拘束的生活不知你也受得了吗？"

"在新做媳妇几天内也许有这一种规矩，不过三朝以后，那当然不必再麻烦了。因为我这人早晨睡晏睡惯了，你叫我很早地起来，恐怕就要整天地感到头痛了。"

春明当然是故意试试她的意思，但碧霞这个人倒也很老实，她并不顾忌地就很爽快地随心说了出来。春明虽然不说什么，但心里却感到这种女子绝不是一个家庭中的贤妻良母，所以颇觉得失望。两人静了一会儿，春明抬头见到对面壁上挂着的碧霞小照，他为了不把失望的表情显形于色，遂又搭讪着笑道：

"你这一张小照拍得很不错，不知什么时候拍的？"

"还是最近几个月拍的，人家都说我很上照，你要看吗？我还有几张照片也拍得很好的。"

碧霞听他赞美自己照相拍得好，这是一件最得意的事情，遂含笑站起身子，把写字台抽屉打开，取出一本厚厚的照相簿来，又笑盈盈地和春明并肩坐下，一张一张地翻给他看。春明点头啧啧称赞不绝。翻到后面几页，都是别人的照片，有几张是女的，有几张是男的，男的大都二十岁左右年纪，也有几张是很漂亮的。春明见了这些照片，一时又不便开口问这些都是什么人，所以心里立刻又不受用起来。但碧霞却毫不注意这些，她指了指那张女的照片，说道：

　　"这是我最要好的同学汉芝芬，她也是新近订婚的，未婚夫是已经大学毕业了，大概他要预备出洋去留学的。订婚的时候，男家送过来了十条金子，两只钻戒真大，都是五克拉大呢！"

　　"这种未婚夫倒很难找的。"

　　这是所谓说者无心，听者有意，因为昨天在订婚的时候已经有了这个消息，那么碧霞今天又这么地说，在春明心中是当然要疑心她故意来说给自己听的，所以他认为这是莫大的耻辱，全身一阵子热燥，额角上几乎要冒出汗点来了。他在说过了这一句话后，就站起身子，按了额角，说道：

　　"我的头脑晕得很厉害，我想早点儿回去睡觉了。"

"但是你爸爸还没有吃好饭呢！我想你到我房中去靠一会儿好不好？"

"也许很不方便吧！我爸爸给他随后回来好了，我先走一步也不要紧。"

"这可不行，你这样走了，人家还以为我们是吵了嘴。我们是未婚夫妻了，有什么方便不方便的？我扶你到房中去躺一会儿，就会好的。"

碧霞微红了粉脸儿，娇羞地回答，一面去扶他的身子，一面把娇屙偎得他很近。春明似乎闻到一阵浓郁的脂粉香从她面部散发出来。他有点儿陶醉，虽然心中是存了一万分的恶感，不过在这时候他竟消失了无限的勇气，竟跟了碧霞跨进了她的闺房。碧霞的卧房是含有了神秘的成分，至少使人感到一种软绵绵温暖的风情。当碧霞扶他躺到那张席梦思床上的时候，立刻又有一阵如兰如麝的幽香触送到鼻子管来。春明不知有了一个什么感觉之后，他那颗心就摇荡得很厉害起来了。碧霞似乎要伸手给他脱鞋子的意思，低低地说道：

"明哥，我给你脱了鞋子，还是静静地睡一会儿吧！假使时候不早了，你就睡在这里也不要紧，好在我可以睡到另一个房间去的。"

"谢谢你，只怕很不好意思吧！你给我躺一会儿，就会好的。"

春明见她这样温情蜜意地服侍自己，一时他的心里倒不免又感动起来了。但是转念一想，她和我虽然是订了婚，但到底还是很陌生的。她既然对我有这一种态度，那么说不定对待别人也会有这个样子的热情。春明这种思忖当然是不合理的，但是因为种种地方给他刺激得有点怨恨，所以他睡在软绵绵的床上，好像是睡在稻草堆里，背脊上似乎有针在刺一样，却是越想越糟起来了。但碧霞此刻坐在沙发上，两眼望着床上的春明，她的心境和春明是完全相反的，她是充满了无限的甜蜜，暗想，春明绝不是一个聪敏面孔笨肚肠的青年，从他几句谈吐中听来，就可以知道他是一个很伶俐的人，那么我过去的忧愁是完全可以消灭了。终算在父母之命、媒妁之言，买卖式的专制婚姻下我也能够得到一个很漂亮而又风流的夫婿，那我应该是多么的庆幸和欢喜呢！静悄悄地也不知经过了多少时候，阿芸匆匆地走进房来，只见春明躺在床上，便望了小姐一眼，抿嘴笑道：

"怎么？新姑爷酒醉睡着了吗？周老爷他们早已吃完了饭，已经预备要回去了呢！"

"他睡得很香甜，你对周老爷说，就让少爷在这儿睡一夜吧！"

"不，不，我没有酒醉，我要回去的，我要回去的。"

春明听碧霞对阿芸这样说，方才急得从床上坐了起来，揉了揉眼皮回答。碧霞见他这种神情倒忍不住暗暗好笑，因为他既然不肯宿夜，遂也不便强留，叫阿芸倒了一盆面水，重新给他洗了脸儿，然后送他一同到了外面。赵太太向两人开玩笑，说道：

"真是如胶似漆，恩爱得不得了，谈谈说说恐怕连钟点都忘记了吧？"

春明和碧霞红了脸儿，都不作声，于是大家都笑了起来。兆光遂向斌忠告别，春明向几个长辈都连连鞠躬，仿佛是犯了罪一样，直等他和父亲一同跳进车厢里的时候，才算深深地松了一口气。兆光向春明低低地问着道：

"怎么样？你现在总可以心满意足的了。"

春明有苦说不出，因为假使自己有了什么不良的意见发表的话，在车厢里被车夫听见了也会闹成笑话的，因此也就只好默默无语了。汽车到了家里，周太太还没有睡，似乎特地等着他们父子回来听好消息，所以向春明问长问短地问个不停。春明没有回答，兆光先很高兴地代为答道：

"你不用问了，他在碧霞房中一坐就是两个钟点，单这一点猜想，就可以晓得春明今天是感到怎么的满意了！"

"可不是？一个小孩子的脾气总不能太固执，要知道父母给你做的事情，终不会有什么错处的。"

周太太也向春明笑嘻嘻地说，他们两老是感觉分外的快乐和得意。但是春明满心眼儿里却是充满了无限的痛苦，他好像哑子吃黄连般地说不出什么话来，遂匆匆地站起身，道了晚安，回到自己卧房里去了。这一夜春明睡在床上是暗暗地计划了许多时候，他觉得和碧霞在中间是隔绝了一条远阔的鸿沟，那么将来若是与她结合了，恐怕终身的痛苦会永永无期的了。为了解决彼此的幸福起见，他就静静地等待着时机降临。

过了几天，各学校都放春假了，碧霞来约春明一同去杭州游玩，春明征求了父母的同意，遂带了盘费，和碧霞坐车到火车站。车票是预先买好的，当时由红玉送他们到车站。开车的时间到了，红玉站在月台上，向他们招了招手，眼望着火车像长蛇般地在两旁青青的草原中行进了。

三

　　一线曙光还只从黑漫漫的长夜里破晓，那院子里的鸡早又喔喔地啼鸣起来，这就听得有人在高声地叫骂着："花枝！你这小贱人还不起来吗？你是不是又要我把你全身的懒筋来抽一抽？吃饱饭我看你做些什么事体？真和猪棚里的猪差一口气哩！"随了这几句恶狠狠的骂声后，就听有一个颤抖的声音叫了一声："婆婆，我已经在起身了。"其实花枝还只有刚刚被她叫醒，因为心中害怕的缘故，所以只好先这么回答着说。说起花枝的身世，真是非常的可怜。她的父母在她三岁那年就双双死去了，因此她就由母舅来抚养。但她的命真是太苦了，十三岁的时候，她舅舅又抛下她孤孤单单一个人管自从来的地方去了。临死的时候，他托付王大嫂照顾这个可怜的女孩子，但王大嫂家里十分穷苦，也没有能力去养活她了，所以将花枝养了一年，总算有十四岁了，才把她领到秦大妈家里去做养媳妇。秦大妈是个四十上下的妇人，丈夫死了，却留下了四五十亩田，所以生活很可以，也说得上一句小康之家。她有一个儿子和一个女儿。儿子叫阿狗，今年二十岁了。但是因为先天不足的缘故，不论他什么地方都有很多的缺点。比方说面部上嘴巴有些歪斜的，比方说人是矮矮的好像还只有十二三岁的光景，说话还有口吃病，总而言之，这一副尊荣，令人见了会作呕的。花枝今年也有十六岁了，不过月份很小，她是十二月落雪天出世的，所以照实足年龄计算，她确确实实还只有十四岁。一个十四岁的小姑娘发育还没有完全，根本像一个小孩子一般，所以对于这位丈夫阿狗并没有一点儿感情作用。就这个二十岁年纪的阿狗，却比小孩子还要呆憨不懂事，比方说秦大妈发脾气责打花枝的时候，阿狗不但没有感到一点肉痛，而且还帮着母亲拿打的家什；见了花枝哭，他却会好玩地笑起来。所以要花枝承认阿狗是她的丈夫，她简直做梦也想不到的。好在秦大妈倒并不希望有孙子抱，在她把花枝也只不过当作多养一只狗看门而已。阿狗既然这样的呆笨，但他妹妹可儿却非常的聪明，不但聪明，容貌也生得很美丽，而且她也十分同情这位如花似玉的嫂嫂，觉得花枝嫁给她哥哥阿狗，真仿佛是一朵鲜花插在牛粪上一样。

花枝睡的地方是柴间里，那张床，其实是一块板，铺的不是什么棉花絮，却是一些稻草而已，假使换了旁的人，一夜睡下来，保险浑身会骨头痛，不过花枝却睡得很香甜。这是什么缘故呢？难道花枝不是十个月生下来不成？原来花枝白天里操劳得实在太辛苦了，所以一到晚上，不要说她是还有稻草堆好睡，就是给她睡在硬硬的石板上，恐怕她两脚没有放下，眼睛先合上睡去了。说起来很奇怪，花枝白天里苦得这个样子，但晚上不但睡得很甜，而且还时常做粉红色的美梦。这也许是老天心中也有了不平的缘故，所以特地赐给花枝在梦中享受那些白天所享受不到的事情。比方说，白天里她穿的破衣裳，吃的冷粥冷菜，做的苦工，有时候还要挨婆婆的打，可是晚上在梦中就完全相反，她穿的终是花花绿绿的衣裳，吃的是山珍海味、鱼翅海参，不但不做工，而且还坐了车子在游玩；不但没有人打她，而且还有什么人在服侍她，叫她小姐。所以花枝白天里纵然苦得万分，但她在晚上总算是常常还有一点安慰。

但是反转来说，秦大妈白天虽然很舒服，不过晚上却时常做恶梦，梦中不是在街上讨饭，就是给人家做苦

46

工挨打，因此一醒转来，总觉得浑身疼痛难当。所以俗语说得好，人有千算，天只一算，一个人总要厚道，这是孟子所谓仁者"老吾老以及人之老，幼吾幼以及人之幼"的一句话，否则，冥冥中是免不了有报应的。

花枝虽然是坐起身来，但她还连连地揉着眼皮，而且伸手按在小嘴上还一个接一个地打着呵欠。她心中暗暗感到奇怪，为什么今天起来好像有点腰酸？但当她站起来的时候，忽然觉察到裤子上有一堆红红的颜色，一时吓得脸无人色，那颗芳心几乎像小鹿般地乱撞起来。在经过一会子愕住之后，花枝到底是个聪明的姑娘，她慢慢地明白过来了，心中暗想：这样说来，我竟是做了大人了。因为可儿时常向自己探问这东西来了没有，起初自己还不懂什么，后来经可儿向自己解释了，才算明白了一切。不过事情真也太不巧了，昨天晚上才把一条小裤洗了，今天连换身的小裤都没有。这……这……可怎么办呢？正在出神，不料秦大妈又在恶狠狠地高叫了，花枝慌张得不管三七二十一地就把裤子一束，匆匆地走到院子里去烧水煮粥了。等她把水烧了，粥煮了，秦大妈才起身来，叫花枝倒一盆热水来洗脸。花枝把面盆端进去的时候，见到她虎起了一面横肉的脸庞儿，心中别别地乱跳，就知道事情不妙。果然，花枝刚刚把面盆在桌子上放下，秦大妈就撩起手来，向花枝劈头劈脑一记耳光，大骂道：

"你这贱货！我早晨要喊你几遍你才可以起来？要不要我来服侍你？啊呀！我打还没有打着你，你就哭起来了，是不是你要哭死了我，你心里才欢喜吗？你说你说，你倒给我说呀！贱货！你还一声不响吗？是不是你生了噤口痢疾？你……你……这……贱货呀！"

"啊！婆婆，我……我因为没有听见呀！"

花枝很明白自己身处在这个环境之下，不开口固然要骂，开口也是犯法的，但相比较还是不开口来得好，所以她拭了拭眼泪，默不作声。在平日秦大妈也许这样就算了，但今天她的精神特别好，也许她是睡畅了的缘故，因为花枝只揩眼泪不回答，遂又暴跳如雷地赶上来，伸手拧着她面颊死命地不放，把个花枝痛得两脚在地上乱蹬，所以只好向她开口求饶了。不过后面这一句话又触犯了秦大妈，她又是兜面孔一记嘴巴，接下去骂道：

"死坯！你是聋子吗？我这么响的喉咙，你还没听见？你明明和我作对！"

"婆婆，我怎么敢？我怎么敢呢？"

"贱货！你预备逃吗？你走过来，你是不是要我拿铁条来打？"

花枝向后倒退着，见了这个恶魔实在怕得有点心碎，但秦大妈却诬她一口说她逃走。她要打花枝，但还要花枝挨近身子来受打。花枝虽然没有这样的贱要送上去给她打，但是听了铁条这两个字，她是急得死灰了面色，只好走上来给她打。秦大妈在她面部上用手当作扇子般地挥动着巴掌。花枝不敢喊痛，也不敢哭，她知道婆婆脾气，是越哭越打的。秦大妈这才心满意足了，遂叫她跪在墙根边不许站起来。然后她拿了面巾，低了头儿，才慢条斯理地洗面。在她好像是早晨起身后，终算已干完了一件很要紧的工作。

可儿已经是十八岁了，她当然比花枝要懂得许多。她此刻匆匆地从房内走出来，见花枝面壁而跪，自然知道又在挨母亲的责打。心里不知为什么，代为先难过了一阵子。忽然她的视线发觉到花枝裤子上有一点桃花的颜色，一时她就明白了，遂对秦大妈说道：

"母亲，你早饭吃了没有？"

"还没有哩！空了肚子就受气，你想这贱货还能算是个人吗？"

"那么你叫花枝跪在地上，不是没有人端饭菜给你吃了吗？我想还是叫她起来吧！"

"她起来也可以，早饭饿一顿不许吃。"

"这是为什么道理？她的身体可也是肉做的呢！饿了肚子还能做得动事情吗？"

"那么罚她挨磨，问她下次还要偷懒吗？"

秦大妈被女儿问得无话可答了，只好取消了饿的责罚，而改变了挨磨。可儿点了点头。因为这工作本来她也每天做的，就是不罚，也是免不了的事情。所以把花枝扶起来，悄悄地走到了院子外，向她附耳问道：

"是不是这个东西来了？回头你到我房中来一次，我给你东西。"

"你给我什么东西呀？"

"你不要问呀，回头你心里就明白了，难道你沾了一裤子不觉腌臜吗？"

可儿听她还这样问，显见得她完全还是一个小孩子，忍不住瞅了她一眼，笑起来了。花枝知道可儿是爱护自己的一个人，当然不会有捉弄自己的事，所以也就不作声了。姑嫂两人把粥锅子碗筷都端进草堂，阿狗也已起来了。他早晨起身从来也不洗脸，只把两只长满了指甲的手，挖了挖眼睛，然后缩了缩鼻涕，又把舌头伸长了在嘴唇外面舔了一圈，这样子他算是把面孔洗过了。此刻他坐在一把椅子上，见花枝拿粥菜进来，便猛可地跳起身子，笑嘻嘻地说道：

"粥……粥……烧……好了，我……肚子来唱……空城计了。"

"一起来只想吃，你面孔洗了没有？"

可儿见了他这副肮脏的面孔，心里很生气地问他。阿狗呼噜噜地把鼻涕用两指捏了出来，在地上一甩，又把手儿在胸襟揩了揩，说道：

"你……你……看我不是洗得很清洁了吗？母亲，你见我面孔好看吗？"

"好看，好看，像唐伯虎，还有点像贾宝玉。好了，不要多开口，还是坐下来吃早饭吧。"

秦大妈一面说，一面在桌子旁坐下。可儿抹着嘴儿，几乎要笑出来。花枝盛了四碗粥，秦大妈向花枝瞪了一眼，好像是她做应该吃不应该的样子。花枝是吓得不敢抬头向她正眼地望，只管低了头儿，唏哩呼噜地喝着淡粥。等她吃完这碗淡粥，正要想再去添一点，秦大妈却拍桌子骂道：

"吃粥就大大方方地吃，你看你这一对贼眼，溜发溜发的好像在想什么诡计似的，我真是越看越讨厌了。"

"母亲，你要不要打她一顿？我给你拿棍子去。"

阿狗有点幸灾乐祸的样子，望着他母亲贼秃嘻嘻地笑。秦大妈一时倒有点回答不出什么话来了，倒是可儿白了阿狗一眼，怨骂道：

"阿狗，你自管自地吃饭，要你多什么嘴？我看你一年一年地饭吃下去，也不知是倒在垃圾桶里，还是倒在阴沟洞里呢？"

"可儿，你也不要没大没小，阿狗虽然生得憨一点，但到底是你的兄长，你怎么可以向他这样侮辱呢？"

秦大妈还是庇护着儿子，向可儿这么的责备着。可儿哼了一声，却不再作声了。花枝见秦大妈眼睛睁大了只管盯住自己，她这就有点明白了，因此她虽然肚子还有一点饿，却不敢再吃这餐早粥，连忙收拾过碗筷。秦大妈要她去挨磨，可儿觉得花枝不会有空闲的时间，遂向秦大妈说要花枝先帮自己到房中去做一点活计。秦大妈听女儿这般说，也就罢了。这里可儿领花枝到了卧房，拣出一条小裤并几块布条子，又向花枝耳边低低地说了一阵。花枝微红了两颊，秋波斜乜了她一眼，表示无限感激的意思。可儿又向她低低地说道：

"我听妈这样说过，假使你做了大人，就要把你和我哥哥洞房，因为她现在也想有一个孙子抱抱。不过我替你想想，假使你事实上真的做了我哥哥的妻子，我很替你表示可惜，所以对于这一件事，你还是不要给我妈

52

知道，可以过些清净的日子。"

"姊姊，你真好，我实在太感激你了，真的，我见了你哥哥，不知怎么的我心里就会感到害怕起来。"

"这也不是你心里感到害怕，就是我也何尝不见他讨厌呢？不是我心眼儿不好，说这一句话，假使老天爷有眼睛，还是把他早些儿生个急病死了的好，也省得害了你这么一个如花似玉的姑娘。"

可儿心直口快地说了这一句话，急得花枝连忙伸手向她摇了一摇，表示被婆婆听见了不得了的意思。就在这个时候，只听秦大妈在外面高声地叫道：

"可儿！花枝干好了活计没有？时候不早了，可以挨磨去了呀！"

"嗳！婆婆，我马上去挨磨了。"

花枝听了秦大妈的叫声，真比听了虎啸狮吼还要害怕着十分，她向可儿一点头，便拿了可儿送给她的东西匆匆奔出去了。在柴间里不到十分钟，她已换了可儿给她的裤子，这才走到磨坊里，去做她牛马一般的苦工去了。

时间是一分一分地过去，太阳在大地上走完了一日的行程，已向山脚下慢慢地沉沦下去。花枝推着磨柄，在那间暗沉沉的磨坊里，一刻不停地工作。她两眼已经发花，全身脊骨都疲倦得疼痛起来，额角上冒着汗点，嘴里喘着气，同时她的明眸里已经充满了晶莹莹的眼泪了。

"花枝！你可曾贪过懒没有？"

正在静悄悄的当儿，忽见阿狗拿了一只皮球匆匆进来向她问。花枝一见了阿狗，想着了自己已经做了大人婆婆就会要她和阿狗洞房，洞房就是做夫妻，做夫妻晚上就得睡在一张床上，想起睡在一张床上，同时再望到阿狗这一副鬼相，她几乎急得整个的心都要从口腔里跳出来了。阿狗见花枝不回答什么，遂把两脚一顿，显出那副凶恶的样子来说道：

"花枝！你敢不回答我？是母亲叫我来问你的，你若不服帖，回头母亲抽了你筋剥了你皮，你可不要哇哇地乱哭乱叫，面皮也不要，这么大的年纪还哭，真是哭鬼！"

"你看我挨磨挨得满头大汗，哪里偷过懒？你不要冤枉人，我挨了打，你又没有好处。"

阿狗简直是七八岁孩子似的，还哇哇地学着哭的样子。花枝听见他骂自己哭鬼，想想又好气又好笑，遂指了指自己额上的汗点，向他回答。阿狗似乎还不相信的模样，把头凑过来张望。在他头儿凑近的时候，花枝就闻到一阵奇臭，几乎要呕吐起来，一时又想到阿狗竟会做了自己的丈夫，假使他来和我一同睡的话，那我情愿不要做人了。阿狗见她果然是满头大汗，遂点了点头，表示她没有说谎的意思。过了一会儿又低低地问道：

"花枝，我要问你一句话。"

"你要问我什么话？"

"我在外面和村童游玩，人家都说我有福不会享，这样一个美丽的老婆放在家里不受用，还是一天到晚外面乱逛，真是呆子。我问他们说，老婆是什么东西？谁是我的老婆？他们回答我，说花枝是我老婆，老婆可以陪着一同睡觉。我心里怕他们骗我哄我，遂回家问母亲，母亲说你现在还不会生儿子，所以不能陪我一同睡。我一听你会生儿子，我益发稀奇起来，难道你明儿大了以后也像鸡笼里的鸡一样会生鸡子儿吗？哈哈，这倒是挺好玩的！"

阿狗一面唾沫横飞地说，一面忍不住哈哈地大笑起来。花枝听他痴痴癫癫地说着话，一时也为之忍俊不禁。但细细地想起来，却非常忧愁。因为外面的人都爱同阿狗开玩笑，阿狗本来是莫名其妙的，假使被他们慢慢地也引坏起来，万一倒向我常常来缠绕了，那叫我不是比做苦工更要痛苦了吗？一时她更加难过。阿狗见她好像没有听见的样子，遂又向她追问道：

"花枝，你为什么不回答我？你到底是不是我的老婆呢？"

"我不知道，你不要瞎七搭八地多说话，被母亲知道了可要打你了。"

花枝乌圆眸珠一转之后，方才向他这么恐吓。阿狗摇了摇头，嚇了嚇嘴。因为他的嘴本来有些歪，此刻一嚇之后，就更加地歪了，这叫花枝看了有些害怕起来。阿狗又哼哼地说道：

"母亲说我是宝贝，她真不会来打我。你常常被母亲打，真是厚皮，打了都不痛的。"

"对呀，你真是一个宝贝！世界上就只有你这么一个宝贝，再也找不出第二个来了。"

"真的吗？我高兴极了，你说世界上只有我一个宝贝，我告诉母亲去。"

花枝是拿话去讽刺他，可是阿狗并不懂，他反而欢喜得跳起来了。花枝想不到他反而以为十分荣幸地要去告诉婆婆，心中这一急，遂顾不得许多地连忙伸手把阿狗拉住了。但事情太巧了，秦大妈正从外面一脚跨入，阿狗这就笑嘻嘻地说道：

"母亲，花枝叫我宝贝！"

"好好！你这贱人真不得了，还没有做大人，就知道拿迷汤功夫来迷你丈夫吗？该死的奴婢！"

秦大妈见花枝拉住了阿狗，同时又见阿狗对自己这么地说，一时就误会了，还以为花枝在阿狗面前卖风流。遂忙把阿狗拖在一旁，劈面向花枝又是一个巴掌，打得花枝哭又不是，笑又笑不出，因为怕羞的缘故，所以低了头默然不作声。这时秦大妈又发现了花枝身上那条裤子是可儿的东西，她一面伸手去抓，一面说道：

"啊呀呀！你这贱人真是吃了豹子胆，竟敢偷了可儿的裤子穿在身上吗？"

"不不！这……这是姊姊送给我穿的。"

"她为什么要送给你？你自己的呢？……啊！这……这是什么？"

秦大妈伸手已摸着了一块布条子，她惊讶地问起来。花枝羞得像一朵玫瑰花朵儿般的，垂了粉颊，却是一句也回答不出。秦大妈见了她的神情，心中有点明白过来，放了她的手，笑了一笑，低低问道：

"什么时候来的？"

"才今天早晨……"

"好吧！时候不早，你就去休息一会儿吧！"

秦大妈见她那种娇羞不胜的意态，好像强盗放良心似的对她说了这两句话。花枝在她家吃了两年苦饭，不是打便是骂，最客气的是白眼，然而对于今天这一种优待，实在还是破题儿第一遭。她出乎意料地望了她一眼，却不敢就走。秦大妈又说道：

"你看你自己这副死腔，真像养媳妇的样子，叫你去休息，你又呆呆地愣住了。"

花枝这才像皇恩大赦地连声说是，便悄悄地回到柴房间里去了。可怜她此刻坐在木板上，只觉腰酸手麻，浑身疼痛，遂躺身倒下，想起一天来婆婆打了不知多少记的耳光，不由得十分悲伤，掩着嘴儿，呜呜咽咽地哭了一场。正在哭的时候，只见可儿悄悄地走进来。花枝一听有人进房，遂连忙收束了眼泪。可儿说道：

"花枝，你在哭吗？为什么这么伤心？是不是母亲又打你了？"

"不，不，婆婆没有打我，我也没有在哭。"

花枝从板铺上坐起来，摇了摇头，有些害怕的样子回答。可儿在她身旁坐下了，把她手儿拉过来抚摸了一会儿，至少表示有点儿爱怜的意思，向她低低地埋怨道：

"花枝，你为什么这么样的不小心？"

"姊姊，什么事情呀？"

"我关照你，叫你不要把这个秘密漏给母亲知道，现在母亲却也晓得了。刚才她对我说，下个月初一，要给你们洞房了，算来还有十天光景，我问你，你喜欢和我哥哥睡在一起吗？"

"不，不，我绝对不希望！姊姊，你千万可怜可怜我，能够救救我吗？"

花枝一听了这个消息，她急得几乎要哭出声音来了。可儿皱了眉毛儿，也表示无法挽救的样子。花枝却向她又连连地追问，要她解救自己。可儿摇了摇头儿，却只有深深地叹了一口气。

到了初一那一夜，花枝的睡处已由柴房而迁居到阿狗房中来了。阿狗那张半新旧的木架子床上，今天已换了一条红绸被，还有一对绣花的枕儿。阿狗好像很得意，而且又好像十分忙碌地奔进奔出。只有花枝坐在床边，暗暗地担着心事。到了夜深人静的时候，这一间卧房里是只有阿狗和花枝两个人了。阿狗被油腻遮蔽着的那张脸，今天才算被秦大妈用强洗过一次，但洗一次是并不会干净，然而第二次她要再洗，他无论如何也讲不通了。虽然他今天穿了新衣服，但袖子管已有了好几堆鼻涕渍。此刻他见床边坐着的花枝，被一对融融花烛笼映之下，两颊仿佛芙蓉出水，真是白里透红，有说不出的娇艳，一时倒也欢喜起来，遂悄悄地走了上去。花枝见他挨近身边来，这就急得站起身子，抬头逗了他一瞥又害怕又讨厌的目光。阿狗猛可想到了什么似的，恐怕她开口说话，就急急地先说道：

"花枝，你不要开口，让我先说话。"

"为什么？"

"我先说话，你可以先生儿子。嘻嘻，你知道吗？"

阿狗向她笑嘻嘻地说，这一句话，把个花枝羞得连耳根子都红了，暗想：我倒看不出阿狗会这么的聪明，于是瞟了他一眼，低低地问道：

"这是你自己心里说出来的，还是有什么人预先教你的？"

"是母亲教我的。花枝，我真不相信，单我这么向你说了一句话，你就会养儿子了。那么每天早晨起来，终是我先向母亲开口说话的，为什么母亲却直到现在还没有生过一个儿子呢？"

"对呀，对呀，我想这也许是母亲和你说着玩玩的。"

花枝听阿狗这样说，几乎扑哧的一声笑出来，遂故意附和他的意思，表示母亲的话是完全靠不住的。阿狗却呆呆地愕住了，望着那对花烛出神。花枝疑惑地问道：

"阿狗，你在想什么心事？"

"我在想，我在想母亲关照我对你说的第二句话。"

"哦！你今夜对我要说的话，都是母亲预先叫你背书般地背出吗？"

"你不要来吵乱我的心思。我记得了，花枝，时候不早，我们可以睡了。我来给你脱衣裳吧！"

阿狗一本正经地想了一会儿，忽然哦了一声，他想起来似的，一面说一面伸手要来解脱花枝的衣裳。花枝急得向后倒退了两步，摇了摇手，她这时一颗心几乎像小鹿般地乱撞起来。阿狗一怔，问道：

"花枝，你为什么倒退呀？母亲说过了，我给你脱衣服，你也会给我脱衣服的。"

"我当然要给你脱衣服，但是我的衣服我自己会脱的。"

花枝没有办法，她一面给他脱衣服，一面在大动脑筋怎样才可以逃过今夜这一个关头。阿狗脸上浮现了得意的笑容，等花枝脱完了自己衣服，就一骨碌钻身到被窝里去，笑嘻嘻地说道：

"奇怪，奇怪，母亲大概是半仙，怎么她全都知道呢？现在我就照样地一句一句对你说吧，让我统统地对你说了，你也可以统统地依顺我，这样一句一句地多么麻烦呢！嗳！花枝，那么你也可以睡了，不要怕难为情，你只管跟我一头睡下来。母亲关照我，说我们要传宗接代了，你把裤子松一松，让我骑马了。嗳嗳嗳！花枝，后面这一句话我不大明白，而且也忘记问母亲了，房间里没有马，怎么叫我去骑马呢？不知道你懂不懂？"

阿狗一个人自说自话，好像在背书般地背着，背到骑马的时候，他有点疑难似的，向花枝嗳了两声，急急地问。花枝见他呆得这样有趣，一时心儿倒放宽下来，因为他根本是莫名其妙木头无知，自己当然有办法可以向他应付了。于是花枝在地上伏下，向他招招手，笑道：

"你快来骑，你快来骑，我这样子不是好像一只马吗？"

阿狗见她趴在地上真的当作马儿一般，要自己去骑，心中一高兴，立刻从被窝内翻身跳起来，在花枝身上一骑，还把屁股送了两送。他欢喜极了，由不得咯咯地笑出声音来了。在骑过了一会儿之后，阿狗又立刻翻身跳下，很快地睡到被窝里去，直挺挺躺在床上，闭了眼睛动也不动装作睡着的样子。花枝爬起身子，见他这个情形，不由得暗暗奇怪，遂低低问道：

"阿狗，你这个做什么呀？"

"是母亲对我最后一句嘱咐，骑好马之后，最好不要多说话，立刻闭了眼睛养神，假使早点睡着的话，那是更好了。所以你不要来吵我，我要静静地睡着了。"

花枝巴不得他有这一句话，一时乐得眉飞色舞，暗暗念了一声佛。果然不到一会儿，只听他呼噜呼噜的鼻鼾声是已经震天价响的了。花枝这才在床边轻轻一歪，撩过半条被儿盖上了身子，胡思乱想了一会儿，才沉沉地睡去。第二天起来，花枝向阿狗关照，说我什么全都依了你，你对母亲要告诉的。阿狗点了点头，匆匆洗脸毕。秦大妈笑嘻嘻地进来，问阿狗道：

"阿狗，你昨晚开心吗？"

"开心，开心极了，花枝都依我的，我骑马骑得真开心。"

阿狗一本正经地回答，他忍不住又笑起来。秦大妈听了，十二分安慰。只有可儿知道了，代替花枝暗暗可惜。从此以后，花枝每天晚上趴在地上给他骑一次马，阿狗也很满意地睡着了。有时候在村子里游玩，人家问他洞房后开心不开心，他说骑马真开心，引得一班村里人都捧腹起来。

天气渐渐暖和了，桃花红了，柳丝绿了，西子湖畔

63

的游人也慢慢地多起来。秦大妈家里本来有两只小船，每在春天的季节，便和女儿到西湖里去向游客揽生意，贴补家用。现在花枝长大，秦大妈自己不去了，叫她们姑嫂两人早出晚归，倒也可以赚不少的钱。这天下午，花枝站在船头上，向湖滨公园里游客们高叫着："要船哦！要船哦！"这时就有两个很摩登的男女，向她招招手，那当然是向她要船了。

四

这一对很摩登的青年男女是什么人呢？诸位当然很聪明地猜到了，这就是碧霞和春明呀！不错，原来春明和碧霞到了杭州之后，暂居湖滨旅馆，开了两个房间，每天去游玩西湖十八景的名胜，倒也十分逍遥快乐。但春明心中对于碧霞终觉得不大满意，其所以不满意的地方，就是碧霞所说的话，在有意无意之间，虚荣的气味太重。偏偏春明这人的脾气，是喜欢朴素实惠的。虽然他家的环境也不穷，但是他见了一个女子有过于奢侈的思想、豪华的举动，就简直有些看不入眼。但碧霞偏又是一个心直口快的人，她在一个未婚夫面前一点儿腔也不会装，想说什么就说什么，毫不顾虑一切，因此她就吃亏在这个地方。

花枝见他们向自己叫船，遂很快地划了过去。靠近了湖滨，给他们跳下船来，坐下之后，方才问他们到什么地方。春明因为几天来也玩过不少地方，遂叫她只在湖心里划着兜圈子游玩。花枝答应一声，便握着双桨向湖心里划了过去。这时春明偶然向花枝望了一眼，觉得这摇船的姑娘倒是生得十分美丽。原来秦大妈因为花枝出外赚钱了，那么身上终要弄得干净一点，所以给她做了一套蓝底子白花的土布袄裤子。花枝经此一穿，就很清秀脱俗、温文可爱了。花枝见那个西服少年，目不转睛地呆望着自己出神，一时倒被他看得难为情起来了。她把俏眼儿斜了他一眼之后，却把脸儿别到别处去了。不过心里却在暗想，旁边那个少女真不知几世修来的好福气，所以才有这样一个俊美的男朋友，不，也许是丈夫吧？像他们这样一对，真是真正的美满姻缘。这就想到自己的阿狗，她心中激起了一阵莫名的悲哀，不由得轻轻地叹了一口气。碧霞是个爱动不喜静的个性，这样子叫她呆呆地坐着，她有点受不了。因为见花枝把双桨摇得很好玩的样子，一时也感到兴趣起来了，遂笑道：

"姑娘，你把这双桨交给我们来划一会儿好不好？春明，我和你一人一支划着吧！"

"划小船很好玩的，我们来试试看。"

花枝点点头，把双桨交给了她。碧霞分一支给春明，春明也不禁笑嘻嘻地回答。花枝见他们两人划着船，倒叫自己坐着空起来，那么自己倒像是个游客了。因为心里想想好笑，抿着嘴儿，有点嫣然的成分。这时湖心里游艇很多，大家划得十分有劲，竞赛似的前进。春明和碧霞不甘落后，把木浆子打在水面上砰砰溅起了不少水花，但一个不留心，那水花飞溅起来，却溅了花枝一面孔。花枝因为是冷不防的，所以不由得叫了一声啊呀，把手在脸上乱擦。春明见了，心中自然十分抱歉，连忙取了一方手帕，递给了她，说道：

"对不起，对不起，快擦了脸上的水渍，啊呀，把你身上也全都弄湿了。"

"不要紧……"

花枝低低说了三个字，她见了这一方雪白的手帕，似乎不好意思来接，遂撩起那件袄子的下摆，低了头去揩擦。春明递了手帕，似乎还要给花枝拭脸上水渍的样子。碧霞这就感到酸溜溜起来，遂伸手很快地抢了过来，在自己脸上揩了一下，笑道：

"我面上也溅了不少水呢！"

"哦！那么你揩吧，你揩吧！"

春明口里虽然这样说，但心里却很不高兴，认为碧霞这举动，至少是有点管束自己自由的意思。碧霞见他说了这两句话，脸色很沉寂的样子，于是也很生气地把手帕向他怀内一丢，却把脸儿别了转去，一声儿也不说话了。春明把手帕拿来，觉得一些没有潮湿的感觉，遂把手帕藏入袋内，因为她不和自己说话表示生气的样子，这就存心要再气气她，含笑装作毫不介意的神气，向花枝问道：

"你们每天生意很好吧？"

"也说不定，有时候很好，有时候却并不好。"

"那么你家里有几个人吃饭？难道全靠你一个人来养活吗？"

"不，并不靠我一个人的。"

花枝摇了摇头，低低地回答。春明很想问一问她的姓名，但在碧霞的面前却再也开不出口来了。碧霞见他只管和花枝搭讪，却把自己冷在一旁，心中这就怨恨得不得了，认为春明是有意侮辱自己，她静静地等待着报复的机会。事情很凑巧，这时对面驶过来一只小船，船上坐了两男一女，男的穿着西服，女的穿着时式服装，显然都是时代的漂亮人物。那女的一见碧霞，便呀了一声，高叫道：

"碧霞，碧霞，你们也在杭州游玩吗？真是巧极了！"

"咦！苏明珠，你们什么时候到杭州来游玩的？"

两人说着话，小船的身子已并在一处。明珠叫碧霞跳到他们船上去说话，碧霞因为心中已经存了报复的意思，所以笑盈盈地就跳到明珠的船上去。明珠向春明望了一眼，笑着又对碧霞说道：

"请你这位朋友也坐过来谈谈好吗？"

"春明，你来吗？我给你介绍……"

"不必了，你谈完了话，就过来吧！"

春明因为对方船上有两男一女，而碧霞却毫不考虑地就跳了过去，并且在那个男子身旁坐了下来，一时心中已经十分不受用，觉得碧霞骨头太轻，这就可见她平日浪漫一斑了。所以他毫不顾全碧霞的面子，这两句话简直是拒绝她来介绍的表示。因为船是在行驶的，在说完了这几句话，船身慢慢地又远开了。明珠见碧霞面色有点发青的样子，遂很奇怪地问道：

"碧霞，这是你的什么人？"

"是我的未婚夫，名叫周春明，我在上海订婚时候，你们同学是一个不知道的。"

"啊呀！这样说来，他见我这里有两个男子，大概心里很不快乐了吧？使你们发生了误会，倒是我的不是。碧霞，你快些仍旧跳过去吧！"

"不要紧，他就是这一个脾气，我们老同学在这里遇见，难道就不应该大家谈谈吗？"

"那么我给你们介绍，这位是我哥哥苏思浩，这位是我朋友张可达，这位是我初中同学钱碧霞小姐。"

明珠听这男子是她未婚夫，生恐他们感情上发生裂痕，所以叫她仍旧回过去。碧霞是一个要面子的人，她认为春明在众人面前用这一种态度对待自己，不但侮辱了自己，而且看轻了自己的同学，所以无论如何也不肯回过去，表示春明可以捏在自己手掌里的意思，装出毫不担忧的神情回答。明珠于是给大家介绍，碧霞和两人点点头，四个人就闲谈起来。

春明见碧霞居然乘了他们的船走了，不再坐回来，一时气得额角上几乎冒上黄豆大的汗点来。暗想：你这女子还像是我的未婚妻吗？好吧！你和我这样作对，明明对我有讨厌的表示，那我也绝不会还当你作宝贝的。花枝似乎并不理会他们已经是发生了意见，她见碧霞跳过那只船去，遂把木浆又拿过来，管自慢慢地向前划驶着。过了一会儿，春明抬头向花枝望了一眼，因为船上只有他们两个人，遂放大了胆子问道：

"姑娘，你姓什么？叫什么？能告诉给我听听吗？"

"我姓秦，不，我姓王，名叫花枝。"

"奇怪，你难道有两个姓氏吗？"

花枝听他这样问，似乎有点不好意思告诉他自己是做人家童养媳的，所以抿嘴一笑，却不回答。春明心中暗想，也许她是两家共一个女儿吧？不过见她那种意态至少还有点孩子的成分，心里这就对她有了一种好感，觉得都市里的富家女郎，真不及乡村里的小姑娘来得温文朴素。比方说，我要跟碧霞结婚，我情愿还是和她结婚来得心满意足。因为她不说话，遂又问道：

"你姓什么黄？是不是大肚黄？"

"我姓三划一直王，先生您贵姓？"

"我姓周，名字叫春明，春天的春，光明的明。你的花枝两个字是怎么个解释？不知你也在学校里读过书吗？"

"我是一朵花的花，枝是丫枝的枝，这名字不大好听，好在我们没有上过什么学堂，听了也不知道什么好坏。"

花枝微红了粉颊儿，低低地告诉，她又浮现了羞涩的笑容。春明听她一口杭州话，因为是喉音清脆的缘故，所以倒也并不感觉难听，点头笑道：

"王花枝，这三个字念起来很好听，我倒很喜欢。"

"咦！周先生，你这话可不有趣，叫你喜欢干吗？"

这话倒是把春明问住了，他也感到不好意思起来，笑了一笑，却没有回答。花枝年纪虽小，但到底也是情窦初开，见春明对自己那种柔情绵绵的意态，一时芳心里也不由得动起情来。尤其想到阿狗的丑脸，她对春明这副俊美的面孔，心中更加地荡漾起来，秋波脉脉地斜乜了他一眼，笑着追问道：

"周先生，为什么你不回答我呀？"

"因为你的面孔像一朵花，是一朵很美丽的桃花，而且名字又叫花枝，所以我听了很喜欢。"

"周先生，你不要给我比桃花，我听舅父说，桃花是个轻浮的花，而且命也薄，你把我当作桃花，那我真要苦死了。"

"那么我给你比作梅花吧！寒梅吐艳，好不好？"

"梅花是冒雪而开的，是的，这倒像我的身世，我好像是冰天雪地中的一枝梅花，受尽了风刀霜剑的压迫，在冷酷的环境里挣扎，唉！实在是太可怜了。"

花枝有点自言自语的神气，说完了这两句话，她深深地叹了一口气，忍不住落下了几滴眼泪来。春明听了她这几句含有诗情的话，倒愕住了，望着她带雨海棠般的面庞，问道：

"花枝，我不相信你是没有念过书的，你……也许不是一个普通的乡村姑娘，我很想多知道关于你的一点身世，不晓得你愿意向我宣布吗？"

"我是一个没有父母没有兄弟姊妹的孤零零女子。"

"可是刚才你不是说还有一个舅父吗？"

"是的，但舅父老人家在几年前也抛弃我死了。"

"嗯！你的身世真是太可怜了，那么你现在跟什么人在一块儿过活呢？"

春明一面说着话，一面情不自禁地坐了过去，竟和花枝并肩地坐下。花枝对于他这一个举动，倒是出乎意料的，遂拭了拭眼泪，望着他怔怔地愕住了一会子。春明见她好像有什么隐痛的神气，遂用了温和的语气，低低地说道：

"花枝，你为什么不告诉我？我对你很同情，所以你有什么困难的事情，我也许可以帮你忙的。"

"谢谢你，但是我也没有什么困难的事情需要周先生帮忙。"

"不过……你为什么却又哭起来？"

"我没有哭呀！你不要瞎说。"

"你刚擦了眼泪，还能说没有哭吗？花枝，我问你，你现在跟什么人在一起生活呢？"

"说起来很不好意思，我是给人家在做童养媳妇儿……"

花枝被春明逼得没有法儿，也只好含羞老实地告诉出来，她有些惭愧的意思，颊上飞起了一朵娇艳的红晕。春明哦了一声，他这才明白了，一个孤苦无依的弱女子，处身在这个冷僻的乡村里，像她这个小姑娘，除了给人家做童养媳之外，还有什么第二条出路呢？但是心中不知为什么却代她表示无限的可惜，于是忍不住急急地问道：

"花枝，那你丈夫是做什么的？种田的是不是？容貌生得好吗？不知你多少年纪了？我想你……你……也许是和你丈夫洞房过了吧？"

"我丈夫……哦……"

花枝说了我丈夫三个字，她雪白的牙齿，微咬了一会儿嘴皮子，忽然哦了一声，便哭起来了。春明被她这一哭，倒弄得莫名其妙，遂拍了拍她的肩胛，低低地又问道：

"奇怪，你到底有什么痛苦？你只管说出来，我不是说可以帮你的忙吗？"

"周先生，承蒙你殷殷地问我，我似乎不能不向你告诉一个详细，虽然我知道这也是无济于事的。我婆家姓秦，丈夫名叫阿狗。阿狗虽然是二十岁了，他比我大四年，但是却像十二三岁小孩子一样，憨得一点人事都不知道，而且面目的丑恶，简直叫人连隔夜饭都要呕吐出来。婆婆是凶得像一只老虎，把我痛打好像是当作一件公事干，我在这一个家庭里实在过不下去。但是……我除了这样过之外，我还有什么第二个办法呢？"

花枝说到这里，忍不住又盈盈泪下。春明暗自叫了一声"可惜可惜"！因为一个十六岁的小姑娘，竟被一个憨得人事不省的呆子而破坏了身体，这老天也不是太残忍了吗？一时皱了眉头，代她由不得轻轻地叹了一口气，低低地又问道：

"那么你现在给他们出外赚钱了，难道她还要这样凶恶来虐待你吗？我想你可以到警察局里去告她的，虐待婢女尚且有罪，何况你是她家的童养媳呢！"

"告她？我也没有这个胆量，就是警察局里把婆婆定了罪名，我还能够在她家住下去吗？假使婆婆出了警察局，她心里记了恨，我这条小性命还不被她打死了吗？所以我情愿吃点苦，却不愿去干这一种危险的事。"

春明听了，觉得她到底还只是一个十六岁的女孩子，所以一切都甘心屈服在黑暗的恶势力下，心中真是代她十分可怜。因为自己已经有了未婚妻，而花枝也不是一个姑娘了，那么我们可说是相见恨晚，除了同情她之外，却一点没有什么可以帮助她，一时也很觉凄凉，遂低低地又说道：

"那么你总要给自己将来作一个打算，你的年纪还这么轻，你不能把你的青春在宝贵的光阴里去丢送呀！花枝，你难道一辈子跟这么一个呆子做夫妻吗？"

"周先生，你这话……那么你叫我一个无依无靠的女子走到什么地方去安身好呢？"

花枝急得涨红了脸儿，向春明低低地说。春明被她问得倒也无话可答了，愕住了一会子后，忽然他想到了什么好法子似的，说道：

"花枝，你有勇气吗？假使你有勇气的话，你可以跟我到上海去，或者我给你介绍到亲戚家中去帮佣，那也比这儿受苦总要好得多了。"

"但这个事情进出太大了，叫我一时里怎么能够回答你？所以我必须有一个考虑不可。"

"也好，你就只管考虑吧！好在我在杭州还要三五天耽搁，我想在三五天之中你一定有一个最后决定了。不过你不要误会我对你有什么恶意，我完全是一片可怜你的意思，所以脱离好，还是不脱离好，一切还须你自己来做主，我是绝不会来勉强你的。"

"那当然，你是一个大少爷，我是一个乡下女孩子，况且你身旁本来有这么一个漂亮的小姐，你总不会把我一个乡下女孩子拐走的。"

春明知道她是指点碧霞而说的，因为从她这几句话中猜想，也可见她是一个很懂人事的姑娘了，遂微微地一笑，说道：

"既然你很明白，那就好了。花枝，我是住在湖滨旅馆二百十六号，你有什么事情，就只管到那边来找我好了。"

"好的，我已记在心中了。周先生，你旁边那个姑娘是你什么人？"

花枝点了点头，也向他轻轻地问，同时她把眉眼儿瞅住了他，至少是包含了一点神秘的作用。春明两颊也不由得微微一红，笑道：

"你倒猜一猜看？"

"这个我哪里猜得到？也许是朋友，也许是情人？"

"难道不能再猜得亲热点儿吗？"

"情人不是已经很亲热了吗？难道你们是夫妻不成？"

"虽然没有结婚，但我们已经订了婚，所以和夫妻是没有什么两样了。咦！奇怪了，你为什么发笑？我觉得你这笑好像有什么意思般的，莫非你看我们不大像吗？"

"确实我看不出来，因为假使是你未婚妻的话，那么她就不应该坐到他们船上去，竟把你孤零零一个人丢在这里，这……似乎对你有点说不过去。啊呀！我真要死了，不该对你有这一种言论，请你当我是乱说吧！"

花枝既然说了出来，她倒又懊悔了，因为这不免有点离间他们感情似的，所以叫了一声啊呀，连忙又向春明低低地赔错。但春明却连连地点头，他觉得花枝这几句话实在很有道理，她丢了未婚夫而坐到别人的船上去，那么这船上的人除非是她的旧相好，否则，难道还有比未婚夫更亲热的人了吗？一时越想越气，冷笑了一声，说道：

"花枝，你说得一点都不错，她确实很对不起我，想到她这样的无情无义，我就感到你的多情多义。唉！花枝，假使我早几年能够碰见你的话，我一定预备娶你做妻子了。"

"周先生，你不要和我开玩笑，我哪里消受得起？不要折了我的福吧！"

花枝听了这一句话，芳心怦然一跳，那两颊也像玫瑰花朵儿般地娇红起来，逗了他一瞥妩媚的娇嗔之后，却又赧赧然地垂下头来。春明心中有无限的感触，黄昏的风吹在身上，虽然是春天的季节，他也会感到一阵无限的凄凉。

斜阳是慢慢地偏西了，照在苏堤春晓上那株株垂柳和红桃，渲染了一片无限美好的色彩。这时在岸上有许多骚人墨客，有的仰头吟诗，有的挥笔作画，大家都不肯辜负这一大片大自然的风景。

春明因为心中有了不如意，所以不愿意在湖中心多游荡，遂叫花枝傍岸，在袋内摸出一叠钞票，当然比原价多了几倍交给花枝，一面跳到岸上去了。花枝点了数目，遂连忙叫道：

"周先生，太多了，太多了。"

"多的赏给你吧！"

春明一面说，一面便头也不回地匆匆地走了。他走进一家湖滨第一楼酒菜馆，一个人坐在一间房间，点了四只菜、一斤黄酒，这就自个儿吃喝起来。他抬头望着窗外的天空，已经笼上了一层灰暗的暮色，只有在西角天际边浮现五彩的云霓，这大概是太阳将落山的一层余晖，反映到东方的一钩新月，这倒像一柄涂了银的镰刀。春明握了握酒杯，思绪高涌，这思绪都是些猜疑碧霞在过去一定有不贞节的行为，所以越想越气，越气那酒也越喝了下去。常言道，心中有事酒醉人，所以他还只喝了半斤酒，他的两颊就红得像胭脂涂过一般了。

春明虽然感到有些头重脚轻，不过他心里是很清楚的，他怕连回旅馆的路都摸不着，所以就停杯不再喝了。付了账单，匆匆地回到湖滨旅馆，跨进二百十六号房间。只见里面已亮着灯光了，而且还有一阵呜呜咽咽的哭声。春明心里别别一跳，随了哭声的地方望去，原来是碧霞倒卧在床上啜泣。春明本来是十分的气愤，此刻见碧霞比自己早回来在哭泣了，因此把心中的火倒息了一点下来。但哪里知道碧霞一听脚步声，料到没有别的人，遂猛可地从床上跳起来，就泪眼盈盈的见到春明通红的脸，那明明是在外面和别人喝了酒，一时更加醋意触鼻，冷笑道：

"你倒开心，在外面烂污婊子陪陪，酒喝喝，看看天色是什么时候了？就让我一个人在这里等着发急吗？"

"咦！你不是跟了你亲爱的人一块儿玩去了吗？你还等我这种人做什么？"

春明却冷笑了一声，他管自在椅子上坐了下来，拿过桌子上的茶壶，倒了一杯茶来喝。碧霞听他这么说，倒反而收束了泪痕，板住了面孔，认真地问道：

"你说的什么话？谁是我亲爱的人？难道我遇见了同学，就不能让我和她说几句话吗？老实对你说，我的人还没有嫁给你哩，你就把我的自由完全束缚了，我是你的奴隶吗？要知道我在家里的时候，爸爸和妈也从来不干涉我的行动，你竟把我压迫得这个样子吗？刚才我要给你介绍我的同学，你拿这种态度来对付我，你明明看轻我，你叫我下不了面子，我问你是什么居心呢？"

"没有什么居心，一个千金小姐，见了人家船上有两个男子，骨头就轻得没有四两重，丢了自己未婚夫，跟别人走了。哼！你还有什么资格来配跟我说话呢？"

"嚼你的舌！你这话简直不是人说的，你当我什么看待？"

碧霞听了春明这几句话，她不由得双脚跳起来，赶上一步，似乎要和春明拼命的样子。但既然赶上了一步，却又愕住了，回身奔近床边倒下，又呜呜咽咽表示十二分委屈地哭了起来。春明被她一哭，他的头脑又感觉清楚一些儿，呆呆地想了一会儿，方才又说道："碧霞，你不要以为我说的太使你难堪，但是你对我的态度，我实在也受不了。"

"我什么态度使你受不了？你说，你说吧！"

碧霞又从床上坐起来，拭了拭泪痕，向他责问。春明的脸上也是一些儿笑容都没有，冷冷地望了她一眼，说道：

“你为什么抛了我，坐到他们船上去？我觉得你太没有自尊！”

“老实对你说，我是存心成全了你。”

“成全我？你这是什么话？”

“哼！何必惺惺作态，你不是明明对那个摇船姑娘发生好感吗？有我在你们面前阻碍着，你怎么还能够说得畅快呢？”

“胡说八道！你自己水性杨花，倒反而来诬咬我一口，你简直是不要脸！”

“我什么不要脸？我是偷了人，还是盗了钱？明珠姊姊叫我和他们一同到姑妈家里吃晚饭，我都没有答应，特地赶回来等你，谁知你却和人家饮酒作乐。我问你，你是不是爱上了那个摇船的？坦白地说一声，那没有关系，反正我们还没有结婚。就是已经结了婚，请一个律师，那么算不得一回稀奇的事。”

春明听她这样说，不由得呆呆地想了一会儿，难道她真的因为我和花枝多说几句话，所以她吃起醋来了吗？那么这样说来，我倒也有不是的地方。男女之间，往往为了彼此误会而引起了情感上的破裂，这实在是最大的不幸。春明想到这里，方才和颜悦色地望了碧霞一眼，低低地说道：

"你说我爱上了摇船的姑娘，那真是绝对冤枉的事情。她是一个无知无识的乡村女子，而且我和她根本萍水相逢，我为什么去爱上她？她什么地方值得我的爱呢？碧霞，照你说，是因为你心中妒忌，所以坐到他们船上去的，那么彼此都是误会的，大家吵闹了当然没有好看的嘴脸，现在误会消失了，我们也不应该再吵闹了。况且我们欢欢喜喜从上海到杭州来游玩，现在大家闹翻了，若被双方父母得知了，岂不是也要责骂吗？"

碧霞听春明软化了，好像是求恕的口吻，一时反而伤心地哭泣起来。春明呆呆地坐在桌旁，却是一声也不响。碧霞哭了一会儿之后，忽然匆匆地向外走了。春明这才急得把她拉住了，问道：

"碧霞，你还预备到什么地方去？我们不是已经和解了吗？"

"哼！你自己吃饱了饭，难道我就应该饿着吗？告诉你，我要到明珠姊姊的姑妈那里去住几天，你等着我一同回上海去吧！"

碧霞这姑娘也未免过分刁恶了，她的意思，是叫他冷静几天表示罚罚他的意思，所以恨恨地把他手儿挣脱了，真的匆匆地走了。春明拉她不住，也没有办法，颓然地倒在椅上，忍不住叹了一口气，他的眼泪不知怎么也会忍熬不住地淌了下来。

这天晚上，春明是整整有半夜没有睡，气得全身只管瑟瑟地发抖。第二天醒来，头痛发热，春明竟然是恹恹地生起病来了。这时候春明要茶要水，却没有一个人来照料，他心中在万分痛苦之余，真有说不出的怨恨。因为碧霞忍心而走，到底是太没有情意了。现在我孤零零病在客地，叫爹不应，叫娘不理，更有什么人来服侍我、照顾我？看起来我是要病死在杭州的了。春明整整地睡了一天，幸而他发热的时候，也并不觉得一些饥饿，沉沉地直睡到晚上八点左右，他才感到有些饿了，他想叫茶房弄点稀粥吃，但茶房却喊不到。春明正感到痛苦极顶的时候，忽然见房门开处，匆匆地奔进一个小姑娘来，满面泪痕，好像十分伤心的神气。春明定睛一看，这倒是做梦也想不到的事情，他忍不住叫了一声："花枝，你……你……这么晚了做什么来呀？"

五

　　花枝眼望着春明头也不回地去了，一时也不知什么缘故，她心头感到有点儿悲哀的感觉，忍不住深长地叹了一口气。就在这时候，可儿把空船也摇了过来，叫道：

　　"花枝，你做了多少生意？时候不早，我们可以回去了。"

　　"哦！可儿姊姊，今天我比平日更多做了一点生意，你瞧，这许多的钞票！"

　　花枝一面含笑低低地回答，一面在袋内摸出好几叠钞票，交到可儿的手里去。这都是秦大妈预先关照的，叫花枝把生意做下来的钞票都交给可儿，在她也无非是怕花枝揩油的意思。可儿接在手里，也不点数目，就含笑说："真的比我要做得多了，今天母亲终该是很欢喜了吧!"两人一面说,一面划桨而归。到了村前河岸旁边,遂舍舟登陆。只见那边树荫下围了一大堆村童在拍手叫道:"打得好! 打得好!"可儿、花枝不知道怎么一回事,连忙奔上去看,只听一个村童说道:

"可儿姊姊,不得了,不得了,你家阿狗被大家要打死了。"

"喂! 喂! 喂! 你们做什么? 你们做什么? 打死人了可要抵命的,你们难道不怕王法了吗?"

可儿一听这话,心中别别一跳,连忙和花枝挤进人缝里,一面大嚷起来。打阿狗的也都是一班十二三岁的村童,一见阿狗家里人来了,便都一哄而散,逃得一个人影子也看不见。阿狗还是一骨碌翻身跳起,一面骂,一面追,但是孩子们逃远了,阿狗气急了,蹬了蹬脚,却把身子又在地上一横,两脚在烂泥地上乱掼,哇哇地大哭起来。可儿和花枝见了他这一个情景,心中又好气又好笑,遂把他拖扶起来。可儿说道:

"阿狗,你看你身上的衣服,你快点站住了呀! 母亲知道了,更要抽了你的皮哩!"

"他们为什么打我? 为什么戏弄我? 断子绝孙的小王八蛋! 他们母亲都跟和尚跑了,他们爹落在河水里做乌龟了,哎呀哎呀!"

阿狗口里拼命地大骂，一面又抽抽噎噎像小孩子般地哭泣。花枝拿了一方手帕，在阿狗身上拍灰尘，不料花枝这一番好意，阿狗并不接受，反而恨恨地把花枝一推，说道：

"你不给我帮忙，还要来打我吗？你这烂污货！"

"阿狗，你真笨得不吃饭一样，花枝给你身上拍灰尘，你怎么反说是打你呢？瞧你连好坏都分别不出，我看你还做什么人呢？花枝，我们回去吧！管他一个人死在这里也好。"

花枝心中虽然气恨，但口里是不敢说什么，只好把身子退后了一点，但是可儿实在有点看不入眼，一面白了阿狗一眼，一面拉了花枝向家中匆匆地走了。回到家里，第一要紧是向秦大妈交账。可儿说道：

"这是花枝做的生意，这些是我的，今天还是花枝做得多。"

"花枝！你就是做这一点吗？有没有报虚账？"

秦大妈在数过了钞票之后，虽然是很觉得满意，不过她还有点不信任的样子，瞪着眼睛，向她声色俱厉地追问。可儿听了这话，也觉得母亲太不知足了。这时花枝急得涨红了两颊，把手在袋内拍了拍，认真地回答道：

"没有，我没有报什么虚账，婆婆，你不相信，你在我身边搜抄搜抄好了。"

"母亲！母亲！他妈的！猪猡！瘪三！"

就在这个时候，忽然听了阿狗从院子外一路哭，一路骂进院子来。接着很快的一阵脚步，在跨到草堂的时候，不知怎么被门槛一绊，这就一个直接冲跌下来，把阿狗跌得闷住了。秦大妈连忙上去扶他，可是阿狗这回倒在地上身体特别的重，竟像僵住了的样子。于是秦大妈回头瞪了花枝一眼，还是把花枝做一个出气筒，恶狠狠地骂道：

"你这贱货贱骨头！你丈夫跌昏了，你心里高兴了，你为什么扶也不来扶一扶呀？是不是你站在旁边看白戏？死人！你真是死人！"

花枝自认晦气，只好奔上去把阿狗带抱带扶地拖起来。可儿见了阿狗这种"现世报"，恨不得他这一跤跌死了干净，但是想到花枝的终身，一时也只好走上来叫喊阿狗。但阿狗昏厥了却不作声，急得秦大妈掐住了他的人中，连哭带喊地叫着阿狗，一面她还抽出手来，在花枝颊上狠狠地抽了两记耳光，说她是白虎星、扫帚星，男人被她克死了，她心里爽快了。可儿不服气道：

"母亲，在这时候你还说这些空话做什么？花枝，你还是快倒一杯开水来吧！"

"嗳嗳嗳！她是死人，她是死人，这倒一杯开水都不知道，你预备站在这儿等他死吗？我老实对你说，阿狗跌死了，你也不用想活命。"

"母亲，你喉咙稍为放小一点，阿狗跌跤，也不是花枝叫他跌的，你尽管骂花枝做什么？她被你骂得没头没脑，七荤八素，你叫她哪里还有什么主意呢！"

可儿听母亲尽管骂着花枝，遂从中打抱不平回答。花枝是早已倒了一杯开水匆匆地走过来，但这时候阿狗却哇的一声叫出声音来了。秦大妈这才放下了心，一手夺过花枝手里拿着的茶杯，给阿狗喝了两口。阿狗又大哭大骂地说道：

"烂污婊子养的，他们打我，他们笑我，绝子绝孙，都要跌在粪坑里的！"

"什么？什么？阿狗，你快告诉我，是什么人欺侮了你？他们有没有爷娘的？我给你去评道理。你被他们打伤了哪里没有？我不叫他们赔偿一点医药费出来，我也不住在这个村子里了。"

"你问花枝和可儿好了，她们都看见我的，她们不给我帮忙，她们看着我被这班野小鬼打死！……"

阿狗已经是笨得这个样子，但是他还是很喜欢搬弄

89

是非，自己闯了祸，终要怪到别人的头上，所以此刻真的像狗一样又咬到她们两个人身上去了。秦大妈一听，气得两眼圆睁，仿佛要冒出火星来的样子，大叫了一声"好呀"，她像是饿虎扑羊般地，把花枝直抓住了，伸手没头没脑地一顿打，打得花枝脸上都是丝丝的血痕。可儿看不过，连忙拖开了。秦大妈还大声地骂道：

"我只有一条命根儿呀！你们都是黑了良心，见了阿狗被打，却像外头人一般理也不理吗？你们到底是人还是畜生？花枝！你这白虎星！你快说出来，打阿狗的是些什么人？你若不给我一个一个地抓出来，我就拿你来抵命！先把你这个白虎星打死了，我家也好太太平平地过好日子！"

"婆婆，你不要冤枉我，你可以问可儿姊姊的。我和姊姊一同回家，见许多人围住了看热闹，我们走上去看见阿狗被人打了，我们原是帮忙的，但一班小孩子都一哄逃散了，我们一个人也抓不住，并不是袖手旁观呀。你怕我说谎，难道可儿姊姊也会骗着婆婆吗？"

"哼！你还说帮忙，你还说帮忙，你明明拿了一块手帕来打我！"

阿狗还是冷笑着告诉。秦大妈认为儿子的话不会错的，她气得伸手又来抓花枝要打。这回可儿拦住了秦大妈，恨恨地一推，说道：

"母亲，你头脑子也弄得清楚一点，亏你是真会去听他呆子的话，你难道也是呆子不成？花枝见他全身衣服都是灰尘，才拿方手帕给他拍拍清洁，偏他不识好人心，还这么像狗一般地乱咬。花枝辛辛苦苦地摇了船回来，还挨这种委屈的打，我实在有点看不过去了。母亲，你到底把良心也放得当中一点呀！"

"好，好，可儿！你是不是我亲生养的？你帮了这个烂污货来欺负我做娘的吗？啊！我的命太苦了，我为什么是这样可怜呀！天哪，天哪！"

秦大妈对于女儿今日这一副态度来对付自己，那倒是出乎意料的。因为在女儿身上有些发不出火来，因此还是双脚乱蹬地掩面大哭起来。花枝站在旁边，是吓得脸无人色，全身只管瑟瑟地发抖。因为她预料婆婆哭了一回之后，又是在自己身上出气的，所以急得要向秦大妈跪了下去，却被可儿拉住了。可儿对秦大妈冷笑了一声，正色地说道：

"母亲，你不用哭，你不用哭，你认为我们两个人不孝顺，你讨厌我们，那么我们两人立刻就让你，给你们娘儿俩快快活活地做人！花枝，来，我们走吧！难道怕饿死了不成？"

"哦！我的好女儿！我不哭，你不要走，你一走，不是要我一条命吗？我做娘的错了，错了，我向你趴在地上赔不是，我打，我打！"

秦大妈这才急得奔了上来，拦住可儿的去路，并且扑的一声跪了下去，伸手在自己嘴上拼命地乱打。阿狗见母亲这个样子，以为是闯了什么大祸，一时跟了秦大妈一同跪下，像拜佛似的合十了双手，扑扑地拜个不停。这一来把可儿和花枝也跪了下去，急急地说道：

"母亲，你是存心要折死我们吗？你快起来，你快起来呀！"

"那么你千万不要走，你不要走，你要走的话，我就一辈子不站起来了。"

"但是我有一个交换条件，你不能无缘无故地责打花枝，否则，我无论什么时候都要走的。"

"好，好，我一定不敢，我一定不敢。"

秦大妈既然是讨了饶，四个人这才都站起来，一场风波，终算安然无事。但阿狗在晚上却发起寒来，嘴里还叫着头痛，吵得花枝一夜没有好好儿地睡。第二天秦大妈知道了阿狗生病的消息，又要埋怨花枝不好，一时猜测夜里花枝把阿狗迷得太厉害的缘故，所以又是一顿大骂，说："你这只狐狸精，自己心里要知道，阿狗的身体本来不大康强，你岂可以每夜给他骑马？你难道一夜不给他骑马就会死了吗？"花枝挨了骂，真像哑子吃黄连，心中的苦楚，一时也难以表白，受了委屈，也只好把气往肚子里咽。倒是阿狗说道：

"母亲，昨天夜里吃好晚饭我就觉得有些头痛，所以花枝叫我骑，我也没有骑。"

"你听，你听，阿狗有些头痛，你难道是死人？你没有知道吗？你竟还会叫他骑，你这贱货！我真是越看越讨厌，你要把我命根迷死了才安心吗？"

秦大妈听了阿狗的话，恨得什么似的，一把抓住了花枝，又是啪啪的两记耳光，打得花枝双泪交流，要想声明每天夜里给阿狗骑马，无非是自己趴在地上，叫阿狗骑在背脊上的意思，但又恐怕这个西洋镜拆穿了，婆婆更会恨得把自己打死，因此只好低了头儿，暗暗哭泣起来。秦大妈被她这一哭，又怕可儿知道了，带了花枝又要向外跑，所以恶狠狠地哼了一声，低低地说道：

"花枝！你再敢哭一声，我马上斫掉你的头。假使告诉可儿的话，我若不把你拧死了，我也不做你的婆婆了。"

"婆婆，哦！我不哭，我再也不敢哭了。"

秦大妈咬紧了牙齿，用了两指去拧花枝的肩膀，花枝慌忙收束了眼泪,向她低低地哀求。就在这时候,可儿走进房中来了,急得秦大妈慌忙含满了笑容,向花枝说"到厨房去拿开水",暗暗地又白了她一眼,可怜花枝只好匆匆地去了。秦大妈又皱了眉头,很忧愁的样子,向可儿说道:

"可儿,你哥哥生起病来,那怎么办呢?"

"全身有寒热吗?我想一定是昨天跌了一跤的缘故吧!"

可儿一面回答,一面走到床边,把手在阿狗额角上按了按,果然十分的烫手。这时花枝拿了一杯开水进来,阿狗要花枝亲自服侍他喝,花枝只得坐在床边依顺了他。可儿道:

"我先到湖滨划船去了,花枝今天在家里服侍阿狗吧!今天晚上寒热退了便好,要是不退的话,明天到城里去请一个郎中来看看吧!"

"但愿老天爷保佑,给他寒热马上退去了才好。"

秦大妈也低低地祝告着,可儿便去划船了。这里阿狗拉了花枝的手,好像显出特别亲热的样子,秦大妈见了,有点看不入眼。因为儿子在病中被媳妇儿再勾引坏了,那当然是更伤身体的,所以叫花枝仍旧去划船,说家里一切我会照顾的。花枝也巴不得离开了阿狗的床边，遂连连地答应，她便匆匆地走出院子外去了。

花枝走出院子大门口，齐巧遇见了同村的牛大郎。他笑嘻嘻地向花枝招呼了一声。花枝见了牛大郎，却点点头并不说话，要向河边走。谁知牛大郎却把花枝拉住了，低低地叫道：

"花枝妹妹，你的架子不要这样大，我有话对你说哩！"

"牛大哥，你有话只管说吧！拉拉扯扯，被人家看见了像什么样子呢？"

花枝知道牛大郎的行为不大好，时常在麦田里调戏人家的女孩子，所以不愿和他多说话。此刻又被拉住了，便回头逗给他一个白眼，挣脱了他的手儿，表示有点讨厌的样子。牛大郎却还是一本正经的态度，正色地说道：

"花枝妹妹，这是与你的生命有关系的事情，你不要我说，我就不说好了，回头你可不要懊悔！"

"真的吗？牛大哥，那么你快点儿告诉我吧！"

"你要我告诉，那么你跟我到那边树荫下去，这里太阳晒了有点头昏眼花的。"

花枝心里因为急于要知道是为了什么事，所以只好跟他走到那边树荫下。牛大郎回过身子，两只贼眼在花枝身上滴溜溜地滚了一转，微笑道：

"花枝妹妹，你和阿狗是洞房过了，不知道阿狗懂不懂这一个活把戏呀？"

"好，好，我算上了你的当，你真不是个人养的狗东西！"

花枝一本正经地听他告诉，万不料他却问出这一句话来，一时又羞又恨，绯红了两颊，在白了他一眼之后，却翻身匆匆就走。牛大郎哪里肯放松她，抢步拦住了她，说道：

"花枝妹妹，我想阿狗虽然是二十岁了，但身子矮得短短的一段，好像是一个武大郎。恐怕他是养不出孩子来的，那时候你就倒霉了。"

"不要你管这些混账的事。牛大郎！你敢无礼，我可喊了。"

牛大郎拦住了她的去路，花枝没有办法，遂绷住了粉颊，表示真的要生气了的意思。但牛大郎笑了一声，瞪着眼睛，还是认真地说道：

"花枝妹妹，你不要急呀，我后面还有许多话要说呢！因为我听见你婆婆和人家这样在说，她所以给你们洞房，原是要你给她养一个孙子抱抱的，假使一年后养不出来，你婆婆要活活地把你打死哩！我在旁边听了这个话，我真给你捏了一把冷汗，所以我今天问你完全是一片好意，谁知道你却误会了。"

花枝听到这里，不由得低下头儿暗暗沉思了一回，心中想道：这倒也说不定，假使婆婆真有这一个主意，那确实又是我的倒霉了，因为我和阿狗根本没有……而且我也不愿牺牲在他这种十勿全的人手里，但是一年以后，叫我又怎么地做人好呢？这么一想之下，她急得几乎要流下眼泪来了。牛大郎见她呆呆地愣住了，遂笑嘻嘻地拉住了她的手儿，很温和地说道：

"花枝妹妹，假使阿狗真没有能力养儿子的话，那么你的寿命就只有短短的一年了。我真代替你可惜，而且我也不忍你这么一个如花似玉的小姑娘被你婆婆活活地打死，所以……所以我要救你一条性命。你看我牛大郎的体格多么的强壮，养个把儿子，不是夸张地说，真是拿手好戏。花枝妹妹，你……你……还是跟我到稻田里去吧！"

"牛大郎！你不要在这里放什么臭屁！花言巧语的说得好听，老实地说，我不是三岁小孩子，绝不会上你当的。你若再不放我走，我可真的对你不客气了。"

花枝见他说完了话，竟动手动脚起来，一时急得涨红了两颊，一面挣扎，一面向他恨恨地说，表示有所警告他的意思。谁知牛大郎不但不怕，反而伸张两手，实行拥抱的姿势。花枝身体玲珑，把头一低，钻身转到他的背后，等牛大郎回身再来抱的时候，花枝早已伸手啪的一记，在他颊上量了一个巴掌，怒目切齿地说道：

"你敢胡闹，我叫了，我叫牛大郎强奸我，怕村中人不来把你送到警察局里去!"

"好好好! 你打，你打。花枝，你不要一本正经地装老实人，你看见西装小白脸，眉花眼笑，坐在一排，你不是划船做生意，你简直是在卖笑勾搭人!"

"放屁! 你在放屁! 你……红口白舌冤枉人，你没有好死的!"

"嗨嗨! 你说我冤枉你吗? 在湖滨旁边，我亲眼看见你的，你赖不掉!"

"哼! 你没有凭据，谁相信你的鬼话! 我看你将来总会死在牛刀下面的。"

花枝冷笑了一声，她气得脸上一阵红一阵白的，恨恨地骂了几句之后，便翻身匆匆地逃跑了。牛大郎把手按住了自己的面颊，眼望着她身子在眼帘下消失了，不由得恨恨地骂了一声："抬举不起的小贱货，你对我这样的辣手，我可饶不了你。"一面骂着，一面暗暗地计划了一回，他便匆匆地走到秦大妈家里去了。谁知一脚跨进草堂，就听里面秦大妈的一阵子叫喊声，说道：

"阿狗！阿狗你醒醒！你醒醒呀！你……你……怎么会吐起血来了。"

"秦大妈！秦大妈！阿狗怎么了？阿狗怎么了？"

牛大郎匆匆奔进卧房，向她急急地追问。秦大妈一见牛大郎，便眼泪鼻涕地哭了起来，说道：

"大郎，我阿狗好好儿的忽然吐血了，看起来很危险了，怎么好呢？怎么好呢？"

"阿狗！阿狗！你……怎么会吐血的？你说呀，你说呀！"

牛大郎走到床边，向阿狗低低地问。阿狗因为吐过了一堆血，他此刻神志昏迷，见了牛大郎，便呢呢喃喃地不知说了些什么话。牛大郎回头对秦大妈望了一望，很奇怪的样子，说道：

"秦大妈，我看阿狗一定是碰着什么邪神了，你看他那种昏昏迷迷念念有词的神气，显然是邪神附在他的身上了，这件事情倒是很讨厌的。秦大妈，你倒应该快点儿想个办法才好。"

"对了，对了，你这一句话倒提醒了我，阿狗一定是碰到了什么赤佬了……"

"秦大妈，你……怎么可以骂起赤佬来？你要求求仙人才好，你假使再得罪仙人，嘿嘿，只怕你阿狗的毛病就好不起来了。"

"是的，是的，我骂错了，我骂错了。仙人！仙人！你可怜我只有这么一个命根儿，你要把他叫去了，那还不是挖了我一颗心吗？我求求你，我求求你!"

秦大妈一听牛大郎这样说，也觉得对极了，她是急得趴在地上，向牛大郎连连地磕头，几乎把他当作仙人一样了。牛大郎连忙把她扶起身子，说道：

"秦大妈，你不要弄错了，我不是仙人，就是我做了仙人，你这样地求也是没有用的呀!"

"啊呀，牛大郎，那么照你的意思说，要用什么办法才好呢？"

"那还用我说吗？比方说一个绑票把阿狗绑去了，你拿什么东西去把他赎回来呀？"

"我知道，我知道，拿钱去赎回来呀！但是，仙人在什么地方？把钱怎么去送给他好呢？"

"秦大妈，你不要着急，我有一个朋友，名叫张四爷，他是张天师的嫡亲下代，他的法力很大，会捉妖捉怪，那是根本不算一回稀奇的事。至于仙人神道这一路人物，他也会和他们讲交情，使这班仙人等也会服服帖帖地走了，那时候你阿狗的毛病自然会好起来。"

"牛大郎，你真有这样一个好朋友吗？那真是叫我感激不尽了。但事情当然愈快愈好，这位张四爷此刻能不能请得到吗？"

"请是请得到的，不过你家里也要预备预备呀！"

"我家里还要预备什么东西呢？"

"要一斤重蜡烛一副，香一束，桌上还要供四色荤菜，类如鸡鸭鱼肉等的东西，然后张四爷请到这位仙人，和他讲讲交情，总是阿狗流年月季不利，所以破点小财，那也算不得什么，只要人儿没有危险，已经上上大吉，所以你上午预备舒齐，我在下午马上把张四爷请来。"

"这都是小事情，准定照办，照办，那么你快去和张四爷接洽好了呀！"

牛大郎这一篇鬼话，说得秦大妈服服帖帖，遂连连催他快去的意思。牛大郎笑了一笑，迟疑了一会儿，说了一声："不过，张四爷家里路倒是不少。"秦大妈听了，方才理会过来，连忙在袋内摸出两百元钱钞票，塞到牛大郎的手里，说道：

"牛大郎，我是一个明白人，皇帝不差饿兵，这些钱给你做车钿，你快去快回，倘然阿狗病体好起来，我还要重重地谢你哩！"

"秦大妈，你何必这样客气，我们自己人一样，帮忙也是应该的事，那么再见，再见！"

牛大郎口里说着话，但他的手早已伸了出来，把钱拿去，掉转屁股，匆匆地向屋子外走了。这里秦大妈依照牛大郎的话，杀鸡杀鸭地忙碌起来，把一个已经被人打成伤的阿狗，却是置之不顾。

牛大郎本是村中一个无业游民，平日专门用点欺骗手段过过日子。他到秦大妈家里来，本来是为了勾引花枝未能如愿，所以要报复报复她的意思，谁知奇巧遇到阿狗生了病，这还不是一个绝好的机会吗？所以他花言巧语把秦大妈骗得十二分相信。其实阿狗昨天被人家一顿打，已经浑身疼痛。后来回家又跌了一跤，因此受了内伤，第二天就吐起血来。但秦大妈不请郎中给他诊治，却去听信这样的鬼话，这种无知无识的愚妇，真是可怜又复可笑。

到了下午，牛大郎请了他的同党张四爷到来。只见草堂上早已点了香烛，供了祭物。秦大妈见了张四爷，恭恭敬敬地请他坐下，倒了两杯茶。只见张四爷坐在椅子上，闭了眼睛，却是一句话也不开口。秦大妈却又苦苦哀求着道：

"张四爷，你是大慈大悲的活菩萨，我心里真是非常地感激你，但愿把我阿狗毛病医好，我情愿趴在地上给你连连磕头！"

"秦大妈，你不用说了，我们四爷是个热心仗义的人，假使他不肯帮助你的话，就是把金子堆到他鼻子管碰着了，他今天也不会来呢！现在你去弄两碗水来，四爷自有用处。"

牛大郎代为絮絮叨叨地说着，秦大妈连声答应，待她拿了两碗水来，只见张四爷站在供桌前，口里念念有词。牛大郎接过水碗，交到张四爷手里。张四爷在碗内喝了一口，取出两张黄纸条，喷上了两口，然后放在桌子上，身子伏了下去，又连连地拜了几拜，这才叽叽咕咕地发出怪声音来说道：

"张四爷来叫一声，你是不该管闲账，阿狗这个小畜生，谁叫他匆匆忙忙奔街上，将我身子撞了撞，我是跌得路难行，要我出门很便当，只要银子二十两。"

张四爷说毕，又伏在地上动也不动地好像祷告的样子。牛大郎听了，拉了拉秦大妈的身子，低低地说道：

"秦大妈，你听，你听，仙人要二十两银子呢！否则，他是不肯出门的。"

"啊呀！天哪！二十两银子叫我到什么地方去拿好呢？现在……现在一两纹银要多少钞票呀！恐怕要两千

多元吧！这……这……不是要逼死我了吗？"

"秦大妈，你不要着急呀！我再给你对张四爷说了，叫张四爷和仙人求求情好不好？"

牛大郎说着话，走到张四爷身边，附了耳朵和他低低地说了一阵，张四爷遂又怪声怪气地连唱带念地说道：

"既然四爷讲交情，我就发发慈悲心，现洋钿拿出十元来，阿狗病体好起来，不过还有一事情，花枝是个白虎星，要给牛郎困一困，以后一家好太平。"

"嗳嗳嗳！张四爷，你快去问问仙人清爽一点，花枝是阿狗女人，怎么可以要我去困她呀？"

牛大郎见秦大妈脸色非常紧张，遂故意很惊奇的样子，向张四爷急急地追问。张四爷立刻又念起来道：

"因为这个牛大郎，前世他有一妻房，曾经被阿狗来困觉，现在报应理正当。喔唷！喔唷！仙人不要发脾气，我下次再不问你了。"

张四爷念完了四句，忽然叫了两声喔唷，便站起身子，但立刻又仰天跌倒。牛大郎连忙扶起，张四爷才装作悠悠醒转的样子，打了一个呵欠，说道：

"牛大郎，我口里说些什么话，你们都听见了没有？"

"听见，听见，但这倒是很有点困难。秦大妈，你看怎么的办呢？"

"仙人刚才说花枝是个白虎星，我觉得很不错，这个贱货我是最看不入眼，既然仙人这么关照过，我当然准定照办。"

"不过，不过，我倒实在太难为情了，牛大郎一向规规矩矩，不肯做伤这种阴德的事情。"

牛大郎对于秦大妈会爽爽快快地答应下来，这倒是出乎意料，于是假痴假呆地显出很不好意思的样子，摇了摇头，笑嘻嘻地回答，表示自己不肯这样做的意思。秦大妈却正色地道：

"牛大郎，你何必这样老实呢？难道你没听见这是仙人的吩咐吗？况且你前世的女人也被阿狗困过，这也是冥冥中的报应。为了救阿狗的性命，牺牲这一点倒不在乎，不过叫你却要费一点气力了。很对不起，很对不起！"

"那么恭敬不如从命，为了要救阿狗的性命，我当然不得不尽一点义务的。秦大妈，还有一个条件，你预备怎么样呢？"

"还有什么条件？"

"咦！十块现洋钿，你难道不记得了？"

"哦！这个……这个……我……我……实在拿不出这许多现洋钿来。牛大郎，你终要请张四爷再向仙人恳求个情分，我到死都感激你的。"

"张四爷，你听秦大妈说得这么可怜，你就再向仙人恳求恳求吧！"

牛大郎因为花枝已经笃定到手了，所以对张四爷又霎了霎眼睛要求。张四爷点点头，他又在供桌前跪了下去，拜了几拜，然后怪声怪气地又念了起来，说道：

"既然再三来恳求，打个六折来孝敬，假使再要多噜苏，送掉阿狗一条命。"

张四爷念毕，身子又倒了下去。牛大郎连忙扶起。张四爷打了一个呵欠，望了牛大郎一眼，说道：

"再要叫我去恳求，我是不会去的了。"

"秦大妈，仙人说打一个六折，那么你家里六块现洋钿终归拿得出来的，难道情愿阿狗送命吗？我想这是太犯不着了。"

"好，好，我马上去拿，我马上去拿。"

秦大妈连连说了两声，她便匆匆地奔进自己卧房里去了。这里张四爷早已在怀中取出一只大布袋来，牛大郎和他一同动手，把四色供菜全数倒入袋内，然后用口噏起了吹了几声嘘嘘，就见院子外奔进一个小三麻子来，是他们预先约定等在外面的。当时那口袋交给小三麻子便捎在背上，头也不回地奔出去了。不多一会儿，秦大妈从房中走出，手里拿了六块雪白的银洋钿，脸上显出十二分肉痛的样子，说道：

"牛大郎，现在条件依顺了仙人，我想阿狗毛病终会好起来了。"

"那是当然的事。啊！你看，你看，仙人真灵验极了，你一付了钱，他不是吃完了供菜走了吗？"

牛大郎伸手接过了洋钿，忽然眼睛望到桌子上去，故意十分惊奇地说。秦大妈回头一看，果然桌子上的四色供菜不翼而飞，只剩了四只空盘子，一时也不由得暗暗称奇。张四爷忽然又跪倒了，口中念念有词地说起来道：

"洋钿六块已收到，吃了酒菜就要跑，还有花枝这个人，今夜里就给大郎要困觉，我仙人去也。"

"仙人！你走好，你走好。"

"仙人！我真是太感激你了。"

牛大郎故意跪倒表示相送，秦大妈也不敢怠慢，立刻跟着跪下来，连连地磕头不已。等这一局活把戏做好，牛大郎又和秦大妈约好今天晚上吃好夜饭和花枝困觉。秦大妈连连道谢，说一定恭候大驾，一面又向张四爷千恩万谢了一回，牛大郎方才和张四爷欢天喜地地回去了。

经过了这许多时候，天色又是黄昏了。秦大妈对于牛大郎晚上要来困花枝，似乎也不放在心上，因为阿狗身体好了，再可以给他另外讨一个。只有那六块雪白的洋钿，给牛大郎拿去了，心里想想实在有些肉痛。就在这个时候，花枝忽然走进来，她一见了婆婆，好像有点害怕的样子，低低问道：

"婆婆，阿狗好些了吗？"

"哼！还问好些了吗？都是你这只白虎星！白虎当头坐，一分人家哪里还会好了吗？我问你，你做了多少生意？"

"婆婆，今天游人并不多，我只做了五百元钱。"

花枝听了秦大妈的骂声，她全身就会瑟瑟地发起抖来，一面把钞票交给她，一面低低地说。

秦大妈像抢一般地夺了过去，伸出左手来，啪的一记，就是一个反面耳光，冷笑道：

"什么？只有五百元，越弄越少了，你报谎账！我不信一天就只会做了这一点点生意，你给我全身都摸过。"

"我真的只有做这一点点生意，婆婆不相信，只管搜抄好了……喔唷！喔唷！婆婆，你饶饶我……"

秦大妈因为摸不着一张钞票，她恨得咬紧牙齿，把花枝的下身狠狠地乱抓，痛得花枝眼泪夺眶而出，大声地叫喊起来。秦大妈还是怒气未消地骂道：

"你这贱货！贱东西！既然做了这一点点生意，你为什么回家来了呢？"

"因为天色黑了，湖上游人也渐渐散了，我心中想着阿狗的病，所以回来了。婆婆，我明天就迟点回来好了。"

"放你臭屁！那么可儿干吗还没有回家呢？你明明偷懒，还敢花言巧语地来欺骗我，真是该打该打！"

秦大妈伸手在花枝身上又连连地捶了几拳，花枝缩着身子，连痛都不敢哼一声儿。这时秦大妈忽然想到了牛大郎晚上要来和花枝困觉的一件事，遂对花枝告诉了。花枝听了，比秦大妈打了自己更要吃惊，急得双泪交流道：

"婆婆，这……这……个不行呀！我是阿狗的妻子，我怎么可以陪牛大郎去睡觉？"

"贱人！你知道什么？你和牛大郎睡了一夜，阿狗的毛病就马上会好起来的。你难道不肯救阿狗的性命吗？我问你，你在吃谁的饭？是谁给你在做人？你都明白吗？"

"婆婆，你的话媳妇虽然该听，不过对于这一件事，我是不能听从的。我若给牛大郎困了，就是婆婆的脸上也没有什么大面子吧？"

"什么？什么？你敢反对我吗？你难道不想活命了吗？"

"婆婆，并不是我反对你，我说你完全上了牛大郎的当了。你不晓得，刚才我到湖滨去划船，牛大郎在半路上调戏我，被我骂了一顿，所以他又想出这些恶计来害我。我不相信仙人就会拿这种办法来医治人的毛病，这……这……完全是牛大郎存心不良，所以婆婆你千万不能上他的当才好。"

"放屁！放屁！这又不是牛大郎自己说出来的，这完全是仙人的意思呀！花枝！我告诉你，你敢再说一句不，那你就是明明要害死我的阿狗，我就先把你活活地打死！"

"婆婆，你……不能强迫我去做不要脸的事情，你千万饶饶我，你若不饶我，我情愿被你打死了干净！"

"好，好，你这贱人真是吃豹子的胆，我就打死你，也只不过等于死了一只狗！"

花枝跪在地上，向秦大妈连连地求饶。因为秦大妈始终并不觉悟，她是忍痛说出了这几句话，表示绝不失身于贼的意思。秦大妈气极了，伸手把花枝衣领抓来，好像老鹰拖小鸡般地拉进柴房间，一拳一脚，先把花枝打倒地上，然后蹲下身子，在花枝胸部狠命乱拧，打得花枝大喊救命。但秦大妈心中肉痛六块雪白洋钿，火星更加蹿到头顶，一不做，二不休，把花枝绑在柱子旁，拿起柴丫枝，在她身上连连抽打，打得自己手酸了，才恨声不绝地走出去，口中还骂着道：

"问你下次强不强？牛大郎回头来了，你不答应，哼哼！再打!"

秦大妈怒气冲冲地骂着，一面走到草堂上来。齐巧可儿回家了，问花枝回来了没有。秦大妈说回来了。可儿又问阿狗好些没有，秦大妈没有开口先是眼泪汪汪地哭起来。可儿倒急了一跳，问："到底怎么了？要不要我去请个郎中来看看？"秦大妈这才眼泪鼻涕地说道：

"郎中是不用请了，我已请来张天师嫡派下代来过了，因为阿狗遇见了仙人，现在花费了六块现洋钿，终算把仙人送出了门，大概阿狗明天就会好起来的。"

"母亲，你在说些什么鬼话？仙人不仙人，这是谁给你介绍来的？"

可儿虽然是个村姑，但她自小儿也念过两年书，所

111

以对于迷信两字早已打破，今听母亲这么说，知道是上了人家的当，遂向她急急地问。秦大妈说道：

"是牛大郎给我请来的，那仙人口中说出来，因为阿狗在前世困过大郎的妻子，所以现在也要把花枝给大郎困一夜，否则阿狗毛病是不会好的。我为了要救阿狗的性命，没有办法，只好全都答应下来。说也奇怪，我到里面拿洋钿出来，连供着的四色肉鱼鸡鸭也都不见了。这仙人真是精灵，你见着，明天阿狗一定会好了。"

"胡说，胡说，这真是放屁之至！母亲，想不到你一个精明的人，今日居然也会上了人家这样的大当。唉！我每天辛辛苦苦去划船赚钱，你一下子就送了六块现洋钿。母亲，你吃饭还是吃……唉！唉！你难道不晓得牛大郎是无业游民吗？什么花枝给他困一夜这些混账话也说出来，这这……这……简直是胡闹极了。母亲，花枝现在人到哪里去了？"

可儿听了母亲的话，她是气得两脚跳了起来，把秦大妈狠狠地埋怨了一顿之后，又向她追问花枝的人。秦大妈似乎还有点不服气的样子，哼了一声，说道：

"你们女孩儿家懂得什么？我比你饭也多吃了这许多年，难道一切见识，还及不来你吗？去年陆家婆婆的儿子，照样遇了仙人，因为不相信，她儿子便死了。现在事情临到阿狗身上，我怎能不着急起来？牺牲一个花枝算得了什么？反正老婆像洗脚水，不是再可以替阿狗娶的吗？花枝这贱黑良心，却不肯答应，我现在把她关在柴房里，到了晚上，管她答应不答应，我叫牛大郎总要睡到她的身上。"

"母亲，那么阿狗此刻可有好些了吗？"

"当然好得多了，仙人已经走出门了，还有什么晦气呢？"

可儿因为母亲的肚子被迷信塞住了，没法去开通她，遂也不再多说话。匆匆地走进阿狗房中，挨近他的床边，叫了两声阿狗，阿狗却不答应，再向床上仔细一看，被单上一摊紫血，她吓得呀了一声叫起来。阿狗听了呀的一声，方才睁开眼睛，向可儿望了一眼，低低地说道：

"可儿，我昨天被他们拿砖头打伤了，我此刻肚子痛得厉害！喔！喔！"

可儿听了，方才恍然大悟。一按他额角，已经有点凉意，大概是吐了过多血水的缘故。一时暗暗计划了一回，谅来阿狗总是难以好了，我还是去救花枝要紧。想定主意，遂悄悄地到了柴房。不料花枝被绑在柱上，呜呜咽咽地哭泣。可儿连忙给她放下了两手，花枝扑的一声跪在地上，连哭带泣地向可儿求救。可儿问她说道：

"花枝，你既然不肯失身于牛大郎，那么阿狗的病也差不多了，你不是要做孤孀了吗？"

"不过我实在还是一个小姑娘……"

"啊！你……你……这是打哪儿说起？"

可儿惊讶得稀奇起来，向她急急地追问。花枝这时才把洞房后的情形向可儿告诉一遍。可儿想不到她还是一个处子，遂预备救她终身幸福。不过还问她可有认识的朋友亲戚，因为自己放走了她，她若没有安身之处，也是流浪在外面很危险的。花枝想了一会儿，猛可想起春明这个人来了，她就鼓足了勇气，向可儿低低地告诉。可儿听了，十分欢喜，遂把她放向后门逃走了。可儿既把花枝放走，匆匆又到警察局去报告受骗情形，当时警察局派了两名警士，和可儿一同回家。跨进院子，就听里面一阵哭叫阿狗的声音。可儿奔到房里，方知阿狗吐了狂血而死。就在这时，牛大郎喝醉了酒，兴冲冲地到来，预备寻欢。这时秦大妈见了牛大郎，恨不得上前咬他几口，遂把受骗情形完全告诉出来。于是牛大郎逃不过法律的制裁，自然便被带到局子里去吃官司。这里秦大妈又知道了花枝逃走的消息，她这一急便倒在地上昏厥过去了。

六

　　春明睡在床上，正苦没有一个人来服侍他，此刻在万分孤零之余，再也想不到花枝会匆匆地来寻自己，心中倒也不由得一阵子欢喜，勉强从床上支撑起来，叫道：

　　"花枝姑娘，今天已经这么晚了，你怎么会匆匆地来找寻我呀？"

　　"周先生，你已经睡了吗？哦！我看你脸儿通红的，莫非你是有病在身吗？"

　　花枝走到春明的床边，见到他那种不舒服的脸颊，遂微蹙了眉尖儿，向他低低地问。春明见她脸上除了无数泪痕之外，尚有丝丝伤痕，这就急急地问道：

　　"是的！我身上真有些发热，已经一天没有起来了。花枝姑娘，你……你……莫非受了谁的欺侮吗，为什么

116

脸上都是斑斑的血痕呀？"

"周先生，我求求你，你可怜可怜我，救救我这一个苦命的女孩子吧！"

花枝被他这么一问，心中真有说不出的悲痛，一面流泪，一面说着恳求的话，但说到后面一句，她把两手掩着脸儿，已是忍不住呜呜咽咽哭起来了。春明倒弄得有点摸不着头脑，呆呆地望着她那种带有孩子成分的举动愣住了一会儿，方才低低地说道：

"花枝姑娘，你快不要哭呀！你有什么痛苦的事情，只管向我老实地告诉出来，只要我能力及得到，总可以尽力来帮助你。"

"周先生，你这话可当真的吗？因为我现在是已经变成一个无家可归的孤女了，你不是说，能够介绍我去做一个女仆吗？假使你真帮助了我，你实在是我救命的恩人一样了。"

"不过我还得向你问一个清楚，你……好好儿在家里怎么又会闹起来了呢？"

花枝于是把自己被婆婆强迫等情形，向春明详详细细地告诉了一遍，一面又很悲伤地流下泪来，说道：

"周先生，你想我还是一个年轻的姑娘，我终还预备图一个将来，我怎么肯把清清白白的身体糟蹋在这种恶奴才的手里？幸亏姑娘很同情我，她知道了我还是个完璧，所以就把我放走了。我想着了周先生，所以我就奔到你这里来求帮忙。周先生，我已都告诉了你，你能救救我这个苦命的女孩子吗？"

"什么，你还是一个小姑娘？……不是和你丈夫已洞房过了吗？"

春明对于这一点似乎感到意外的惊喜，但他还有点不相信的样子，向她急急地追问。花枝被他问得绯红了两颊，秋波逗了他一瞥娇羞的媚眼，却是垂下头来，并不作答。春明见她这个情景，不由得笑出声音来了。他已忘记了自己是个有病的人了，连忙去拉过她的手儿，继续追问道：

"花枝，你为什么不回答我？你不要怕难为情，你只管对我说好了。"

"虽然我们是洞过房，但……但……我……们……还没有呀……"

花枝被他问得急了，遂厚了面皮，只好向他老实地告诉出来。春明的心中似乎特别的兴奋，他握紧了花枝的手儿，呆呆地沉思了一会儿，说道：

"花枝，你放心，我一定可以帮助你，你就跟我一同回上海去吧！因为你还年轻，你能脱离这一个黑暗的家，我想你前途至少可以得到一点儿光明吧！"

"周先生，这是你赐给我的恩典，我决不会忘记你救我的一番大恩。"

春明的话给予花枝无限的安慰，她点点头，两眼柔和地望着他俊美的脸，感动得流下眼泪来了。春明也不知她是伤心还是喜悦，正欲拿话去安慰她，忽然腹中一阵子疼痛，同时还咕噜噜地响了起来，这就不由喔唷了一声，把握着花枝的手儿缩了回去，按在他腹部上，至少是有些痛苦的神气。花枝抬头望了他一眼，心头是暗暗地吃惊，遂急促地问道：

"周先生，你怎么啦，有些肚子痛吗？"

"是的，好像是要泻了的样子。"

"那怎么办呢？我来扶你上便桶去吧！"

"不，我自己会走……"

春明到底不好意思叫一个小姑娘来扶自己上便桶，所以向她摇摇手，一面已跳下床来。可是身子还只有在床边站定，就觉一阵子头昏目眩，几乎摇摇欲倒下去。花枝慌忙顾不得许多地把他扶住了，她紧偎了春明，并不避一点儿嫌疑，给他坐上了便桶，还给他端了一只椅子，又在床上拿了枕头放在椅子上，是给春明倚靠的意思。春明在一阵子腹泻之后，他出了一身冷汗，更觉头晕，难以支撑。此刻伏在软绵绵的枕头上，在无限痛苦之余，多少总还感到一点儿舒服。于是他心中不免想起了今夜的花枝，她确实已代替了碧霞，为自己尽了未婚妻的义务。假使此刻没有花枝在我身边服侍，那我又将何以为情呢？痛苦之状，当更不堪设想了。春明在这个时候开始起，对碧霞的感情完全破裂了，他觉得这种女子根本不配做人家的妻子。他正在呆呆地痛恨地思忖，忽听花枝的声音，又低低地叫自己说道：

"周先生，你觉得怎么样？我给你喝一口热茶吧！"

"花枝，我真感激你，你不要站在我的身旁，因为你闻到了这个臭味，说不定会传染给你的。"

春明抬头望了她一眼，见她拿了一盂开水，大有服侍自己的意思，这就伸手去接，另一只手向她挥了挥，是叫不要站在自己的身边。花枝却并不走开，摇了摇头，低低地说道：

"不会传染的，周先生，你自己病得这个样子，还来顾虑我做什么？我想你也不要多泻了，坐久了脚会发麻，而且又会伤身子，我还是扶你到床上去躺吧！"

春明也觉得一阵子泻后，肚子倒反而舒服了一点，遂点了点头，把茶盂叫她拿回桌子上去。等花枝把茶盂放下回过来，春明已站起了身子，果然两脚像针刺似的发麻。花枝遂扶他躺倒床上，春明皱了眉尖儿，忍不住又喔唷了一声。花枝急问怎么了，春明道：

"两脚麻得厉害，怪难受的!"

"没有关系，这是坐久了的缘故，我给你按摩一会儿就好了。"

春明见她这样温情蜜意地服侍自己，因为自己在病中的确是需要有像她这样一个人，那么对她自然是更发生了无限的好感。虽然他全身绵软无力，但是望了花枝的脸儿，还是含了欣慰的微笑。花枝秋波斜乜了他一眼，娇媚地含笑问道：

"现在你好过一点儿了吗?"

"嗯，好得多了。花枝姑娘，我真感谢你。你倒摸摸我的额角，想不到一泻之后，寒热倒退了一点。"

花枝把手按到春明的额角，果然并未烫得十分焦灼，遂点了点头。这时忽然听春明腹中又是咕噜噜的一阵子狂叫，一时芳心倒别别地乱跳，忙问道：

"怎么? 难道又要泻了吗?"

"不，这不是要泻的缘故，因为我泻过之后，倒好像有点儿肚子饿起来了。"

"那么最好吃些东西，但是吃点什么好呢?"

"花枝，你给我叫一声茶房，让我问问他这里有什

121

么东西吃。"

"可是你才好一些，别的东西也不能吃呀！我想还
是买一盒西湖藕粉来，我冲一碗给你吃，这是无论怎么
都吃不坏肚子的。"

"不错，不错。花枝，只有你才能想得这么周到，
钱在这里，我想你还是叫茶房去买吧！"

"我姑娘放我走的时候，她偷偷地塞给我两千元钱，
我想叫茶房去买，少不得又要揩点油，还是我自己去买
吧！周先生，你等一会儿，别性急！"

花枝一面说，一面便匆匆地走出房外去了。这时春
明不由得暗暗地思忖了一回，觉得花枝真是一个可爱的
姑娘，她原来仍旧是一个姑娘的身体，可见她也不肯牺
牲在这黑暗的势力下。在当初我对她还说过一句相见恨
晚的话，但照她这么一说，根本还一点儿都不晚。对于
碧霞这种女子，我本来就并不喜欢，现在她对我果然是
这样的无情，那我们还有结合的可能吗？与其是结了婚
后再离婚，那当然还是现在分手来得比较痛快。不过这
件事我若和父母去说，他们当然不会允许我这么做，那
么我应该用什么妥当办法来解决这个严重的问题好呢？
春明只管呆呆地想，花枝却买了西湖藕粉已经回来了。
她向茶房要了一只碗一只羹匙，遂用开水冲了一碗，拿

到床边，亲自调给春明吃，含笑问道：

"够不够甜？要不我给你再放一点白糖？"

"已经是很甜了。花枝，真亏你想出来，我觉得你真像是一个人家的贤内助。"

春明不但嘴里觉得甜，连他心中也感到无限甜蜜起来，遂望着她粉脸，笑嘻嘻地回答。花枝听了，还给他一个娇嗔，却又低下头来。忽然她想到了什么似的，一撩眼皮，急急地问道：

"周先生，你那个未婚妻到什么地方去了？为什么到这时候还不见她回来呢？"

"花枝，你不要提起这一个人来了，一提起了她，我的心头就会火冒。"

"为什么？难道你们吵嘴了吗？"

"哼！这种女子只配做人家的玩物，老实地说，我已决心不要她了。"

"啊！周先生，你这是什么话？你们不是订过婚的吗？况且你们两家父母不是都欢喜的吗？"

"父母欢喜有什么用？我当初就竭力地反对过，但拗不过专制家庭的压迫，我没有办法地赞成了。但是到现在，她的行为，她的一切，我都没有一处看得入眼，我想她也未必会有爱我的心，所以昨天晚上才会狠心地

123

抛下我走了。花枝，我……现在很坦白地对你说，你的一切太使我心中感动了，所以我压制不住我心头的热情，我老实地要求你，我要你给我做唯一的爱妻，我要和你永远地在一起。花枝，你能答应和我做一对永远的伴侣吗？"

春明向花枝表白自己本来的意思，也不愿和碧霞结婚，这完全是家里强迫的。但说到后面，他又紧紧地握住了花枝的手，表示向她求婚的意思。花枝除了羞涩之外，是只有感到无限的喜悦。因为自己本来是嫁给阿狗为妻，阿狗三分像人七分像鬼，哪里叫自己心中感到满意呢！现在居然有这么一个俊美的少年来向自己求婚，那好比是青云直上一步登天，所以她当然是答应还来不及。不过她想到了有种种困难，遂微蹙了眉尖儿，低低地说道：

"周先生，你是有钱人家的少爷，况且你是已经由父母做主订了婚，那么我怎么可以再来答应你的要求呢？虽然我是十万分地愿意，只不过你父母一定不会赞成你这样做，所以我纵然是答应了你，恐怕也是枉然的吧！"

"不！花枝，你不要这样说，我假使有贫富阶级观念的话，我也不会来向你说这几句话了。至于我的父母，他们答应不答应这是不成问题的，因为我已打定了主意，我情愿脱离这黑暗的家庭，去找寻我们前途的光明！花枝，我相信我们在努力奋斗之下，一定可以步入幸福的乐园。"

春明抱着十二分的勇气，向花枝说出了这几句话，他的内心是感到非常的兴奋。但花枝却并没有感到十分的喜悦，她愁眉不展地沉思了一会儿，却摇了一摇头，低低地说道：

"周先生，我很感激你，你对我有这一份儿热爱。但是我不忍为了我个人的幸福，而累你说不定会丢掉了前途的光明。因为我知道你还是一个学校里求学的青年，假使你为了我而脱离家庭，那么你是一定要因此而辍学。使你不能求学业上的深造，这岂不是我的罪孽吗？所以我劝告你，你不要太理想了，社会是势利的，世态是炎凉的，人情是险恶的，我虽然是一个小小年纪的女孩子，但我饱尝着社会的折磨、人情的捉弄，甜酸苦辣，什么滋味都已尝够了。所以我不希望有高攀你的妄想，我只求有一安身之所，苦苦度过这人生的梦，待梦醒的时候，我终算是完成了在世间上做人的任务。周先生，你应该明白，我是为了你，我不是为了自己，所以才对你说出了这一篇不识抬举的话，请你千万地原谅我吧!"

"花枝,我懂得,我明白,你真是一个多情人……"

花枝絮絮地说完了这一大篇的话,她的眼泪再也忍不住地大颗儿滚了下来。春明听在耳里,他心中是感动到了极点,他想要说许多表示和环境反抗的话,但他喉间好像有什么东西哽住着,眼泪也会在眼角旁涌了上来。花枝很歉意地含泪说道:

"周先生,你是有病之人,我又害得你心中难受,这是我太不应该了,我劝你这些事别谈了,还是躺下来好好儿休养一会儿吧!"

"真的,时候不早,那么你也可以休息了。"

花枝柔顺地给他扶倒床上,又拿被儿给他盖上了。春明似乎也很需要睡眠了,向她这么回答了一句,他把眼皮也慢慢地合上了。第二天早晨醒来,春明觉得头也不痛,热也退了,心中暗想:我这次发热生病,也许正是为了肚中这些东西在作梗的缘故,现在一泻之后,所以反而好了。这也是老天可怜,所以病占勿药,否则异乡客地,若病了几天的话,真是不堪设想的了。回头一看脚后的花枝,还沉沉地睡得香甜,大概是过分疲倦的缘故,所以也不敢惊醒她,悄悄地跳下床来,披上了衣服,走到桌子旁坐了一会儿。这时茶房进来冲开水,春明向他要了一张信笺。等茶房走出房门，他便取出自来水笔，簌簌地写了一封信。写完了信，花枝也已醒转，一揉眼皮，见春明已经起床，不由红了脸，咦了一声，说道：

"你怎么这样早就起来了？才好了一点，还是多休息休息好。"

"我已经完全地好了，哪还用得了再休息吗？花枝，我告诉你，我今天就预备和你一同回上海去了。"

花枝一面起身，一面听他说了这些话，便很惊讶地走上来。她把手理着头上蓬松的头发，低低问道：

"周先生，你难道不等你未婚妻了吗？"

"你瞧，我已写好了一封信，预备交给茶房留给她了。"

"你信中写点儿什么？叫她随后就回上海吗？"

"你拿去看吧。"

"你知道我不识字，你故意刁难我。"

花枝把秋波白了他一眼，红晕了粉颊，大有撒娇的意态。春明笑了一笑，遂把信中的意思向她告诉了一遍。花枝听了，涨红了脸，急道：

"周先生，那怎么可以？那怎么可以？这不是我把你们硬生生地拆开了吗？"

"花枝，你快不要这样说，我绝不是为了你而忘记了她，因为她的行为、她的思想，都不是我理想中的妻子，就是没有你的话，我也决定要和她分手的。"

"那么你父母面前用什么话去交代呢？"

"花枝，你也许不知道我心中的痛苦，因为我对于这一个家也并没有什么留恋的地方，所以我不希望去和父母恳求，我就这么地做了。好在我身子是活动的、自由的，那么我和你两个人只要有两只手，难道还怕不能在这个世界生存吗？"

春明絮絮地握着她的手，表示并不感到一些儿害怕的意思。花枝说不出什么话来，她偎在春明的怀里，却又默默地流泪了。过了一会儿，春明叫茶房来，算清了房金，给了小账，一面把这封信交给茶房，说："有一个女客姓钱的小姐来找我，你就把这封信交给她好了。"茶房答应，这里春明和花枝便动身到上海来了。

春明走后的第三天，苏明珠陪了钱碧霞，还有明珠的哥哥思浩和同学张可达到湖滨旅馆来找春明，原是约了春明预备一同回上海的意思。但茶房告诉她，说周先生已经走了，他留了一封信是交给钱小姐的。碧霞听了，连忙伸手接过，只见信封上写着"面交钱碧霞小姐启"，碧霞心中别别地一跳，知道事情有了花样经。这

128

就急急地拆开信封，抽出信笺，展开看道：

碧霞女士青及：

　　我在没有说话之前，先向你表示抱歉，因为我没有本领侍候一个娇养惯的贵族小姐，所以使你金枝玉叶般的身子怒冲冲地向外走了，这真是我罪大恶极，该杀该杀！

　　我俩的婚姻是由父母之命媒妁之言而成就的，我知道像你这么一个善于交际的时代女性，对于这种盲目的婚姻，当然是不大赞成，所以处处地方都使你感到十二分的不满意。在订婚那一天，我曾经听到你很失望，这原因是我们拿过来的饰物中这一对钻戒太小了，这使你多么失面子啊！无怪你要吵闹起来，所以我在这里怨恨第三者的太爱多事，因为以小姐高贵的身份，似乎不应该配我们这种穷小子的。所以我在这里直接地对你说，我没有资格做你的丈夫，同时你也不配做我的妻子！

　　造物是这样喜欢捉弄人，在你走后的夜里，我终于恹恹地病了，头痛发热，是病得这样的厉害。那时我想喝点水，叫爹不应，我想吃一些儿东西，喊娘不应。我想到我是和我亲爱的未婚妻一同到杭州来游玩的，为什么到临了还会受到这样孤苦的境况呢？是的，这就是因为我没有资格做你丈夫的缘故，才会给人家卑弃于脑后而置之不顾。谢谢老天爷的垂怜，终算我没有做他乡的亡魂，也会慢慢好了起来。

碧霞小姐，我们来的时候，是俪影双双，但去的时候，我们彼此是形单影只，这真是所谓有始无终的一句话。算了吧！我们就这样地分手比较痛快，因为这样还可以来得及。我不害你，你不害我，你有意中人只管去嫁，我绝不有所反悔。最后，我希望你嫁一个备有五克拉钻戒并十条金条的好丈夫，同时他至少还是一个外国涂上金的留学生。不多说了，祝你安好！

不够资格和你结合的周春明留字　即日

碧霞瞧完了这一封信，她是气得脸儿一阵红，一阵白，终致转变到灰青的颜色，两手拿了信笺只管瑟瑟地发抖。因为明珠是站在她身后一同细看，所以在她的心中是认为更加地失面子，这就叫了一声"好好"，她的身子便向后倒下去了。

七

　　碧霞见了这一封类似退婚一般的信，她倒并非为了舍不得放弃春明，实在因为旁边还有三个人站着，所以觉得太失了自己的面子，因此气得浑身发抖，站脚不住，她的身子便向后倒了下去。幸亏明珠给她扶住了，她也看明白了这一封信的内容，所以埋怨她说道：

　　"碧霞，并不是在这个时候我还埋怨你不好，因为你的脾气确实也太坏了一点，我劝你当夜回旅馆来，但是你偏不答应，因为这是姑妈的家，我若催得你太急，还以为我在讨厌你，所以我也不多说话了。谁知现在果然闹出这样不幸的事情来，那可怎么的好呢？"

　　"明珠，你不要为我担忧，这一种丈夫，我也根本不稀罕他。你以为我是伤心吗？其实我完全是为了气愤过度的缘故。"

碧霞竭力镇静了态度，她才把脸色转变得缓和了一点回答。明珠见她果然并非为了伤心的缘故，遂也罢了。这时可达和思浩也知道了他们未婚夫妇已经破裂了，可达虽有劝碧霞不要太以负气的意思，但却不好意思说出来，思浩因为对碧霞外形的美丽表示十分的好感，所以他心中倒非常庆幸，遂在旁边说道：

　　"钱小姐，事已如此，你伤心也没有用，气愤也没有用。他既然这样无情无义，显然是另外有了别的爱人，所以将来你们就是结了婚，恐怕也是要闹着离婚的，所以我倒认为还是这样分开比较爽快。不过你这一封信倒要藏起来，将来在公堂上也是一种凭据。"

　　"哥哥，你不要这样说，那是伤阴骘的。可以和解的，终希望他们言归于好。"又转头对碧霞说，"因为你们父亲在社会上都是有地位的人，若闹了这一件事情，被外界知道了，岂不是又当作一件新鲜的新闻讲了吗？所以我劝你终要忍耐三分才好。"

　　"明珠，你虽然是一片好意，但是你也太糊涂了，你难道不见他信上写得斩钉截铁的多么决绝吗？就是我忍耐着要和好如初，这也是不可能的一件事情呀！况且我也不是臭了烂了，难道一定要嫁给他做妻子吗？好了，好了，现在我们这些事且别谈，还是赶快上火车站去吧！不要火车脱了班，又要不能动身回上海了。”

碧霞说到末了，表示毫不介意的神气，于是同三人出了湖滨旅馆，坐车到火车站去。“我们来的时候，是俪影双双，但去的时候，我们彼此是形单影只。”碧霞坐在火车上想到春明信中这两句话，心里多少有些感触，所以殊觉闷闷不乐。幸而思浩在旁边时相安慰，表示非常情意绵绵的样子。碧霞不是一个呆笨的人，她心中哪有不明白的道理，在这情景之下，也真可以说失之东隅，收之桑榆了。

火车到了上海，思浩想请碧霞到舍间去游玩，碧霞说改天拜访。在北站门口，方才各自坐车回家。碧霞到了家里，阿芸早已含笑迎接，说：“小姐回来了，怎么姑爷没有一同回来吗？”碧霞听了，反而心中生气，遂恨恨地说道：

“什么姑爷不姑爷，他早已在杭州死了。”

“啊！小姐，你这话可是真的吗？”

“当然真的，老爷在家里没有？”

“没有出去，我给小姐去报告。”

阿芸抢在碧霞的前头，急急地奔到上房里，口中嚷着：“老爷不好了，小姐从杭州回来了。”斌忠正躺在炕床抽大烟，听阿芸这么叫进来，这就很愤怒地喝道：

"你这小丫头疯了，小姐从杭州回来，这有什么不好呀？"

"老爷，你不知道，我下面还有话呢！小姐说，姑爷在杭州死了。"

"什么？姑爷在杭州死了？生的什么病症？短短这几天日子中竟会死得这样快吗？"

斌忠听到这里，方才丢掉烟枪，惊奇得从炕床上坐起来急急地问。这时候碧霞已从房外蹬蹬着很重的步子走进来，一见了父亲，便扑在斌忠的膝盖上呜呜咽咽地哭泣起来了。被碧霞这么一哭，斌忠方才相信春明真的在杭州死了，这就急得口吃的成分，说道：

"碧霞，你不要哭，你不要哭，你快点儿告诉我，春明是生什么病死的呀？那么你为什么不给他送医院呢？况且……况且……你也应该拍一个电报来，现在叫我在兆光的面前怎么交代呢？因为一同到杭州去游玩，不也是你的主意吗？"

"好了，好了，爸爸，你不必再说下去了，又不是真的死了。"

"啊呀，死难道还有假的吗？好孩子，这到底是怎么的一回事？你也该给我说一个明白，我被你急都急死了。"

"春明这小王八真不会好死的！你看，你看，这一封是他留给我的信。爸爸，你看了就可以明白了。"

阿芸在旁边听了这些话，方才恍然明白，原来姑爷不是真的死了，一时心中倒又暗暗好笑，小姐也真会开玩笑，这一来倒被她闹得真相像的。阿芸正在暗想，不料斌忠看完这信，早已暴跳如雷，怒气冲冲地破口大骂起来，说道：

"兆光兆光！你这老甲鱼真是老变死了，怎么会生出这样一个不孝的好儿子来。碧霞，你不要伤心，我马上给你去评理，去评理！"

斌忠说了两声去评理，手里拿了信笺，身子已走到房门口，却又站住了，呆了半晌，忽然回过身来，对碧霞又说道：

"碧霞！碧霞！刚才我倒没有仔细地看一遍，现在我仔细一想，显然你也有不好的地方呀！他不是说你抛弃了他不顾吗？可怜他一个人在旅馆内还生过病，叫爹不应，叫娘不理，那你为什么要离开他呢？你说，你说，你快把事情经过给我说得明白一点儿才好呀！"

碧霞被父亲这样一追问，觉得也没有什么话可以申诉春明的罪状，一时只好假意呜呜咽咽地哭泣了一回。在哭泣的时候，她才想到了摇船姑娘这个人来，于是加油添醋地把春明看中摇船姑娘的话，向斌忠告诉了一遍。斌忠本就是个粗鲁的人儿，一听女儿这么委委屈屈地告诉，又见她眼泪鼻涕地哭泣，一时也非常气恼，连骂两声混账，立刻摇了一个电话给周兆光，叫他马上来一趟。兆光还以为是要紧的公务相商，遂匆匆驱车前往。斌忠早已等在大厅之上，一见兆光，便脸儿一板，说道：

"周老弟，你也太没有家教了，为什么养了这样一个不长进的好儿子，那你不是明明要来害我女儿的终身吗？真是岂有此理，放屁之至！"

"钱老兄，你不要莫名其妙地大发脾气，这到底是为了什么事情，你也该详详细细来告诉我一个明白。假使小犬真的有不是之处，要打要骂，我马上可以责罚小犬。况且他们人儿还在杭州游玩没有回来，你……你这些话来教训我，那叫我不是弄得莫明其妙了吗？"

兆光兴冲冲地到来，想不到被他没头没脑地教训了一番，假使不是为了他是自己顶头上司，也许早已要大光其火了。但是现在只好赔了苦笑，目定口呆的神气，向他还是忍气吞声地请问。斌忠还是余怒未消地哼了一声，冷冷地说道：

"兆光兄，我和你也是多年的老朋友，你也不必假

137

痴假呆还装什么死腔了，你的儿子恐怕在前天就回来的了。难道你还要欺骗着我吗？"

"啊呀！你老兄不要太冤枉人，我儿子几时曾经回家来了？你也得给我说出一个理由来呀！"

"好好！你把这封信拿去看吧！"

斌忠见兆光真的不知道般的神气，遂在袋内取出春明的信来，交给兆光。兆光接过，细细看了一遍，心中暗想，这头婚姻，儿子本来并不喜欢，现在他们在外面显然发生意见，所以春明和她决意断绝，连家中也不回来了。于是向斌忠说道：

"这封信是哪里来的？"

"是碧霞从杭州带回来的。"

"那么还请令爱出来，最好让我仔细问问她。因为春明实实在在还没有回家，假使在前天回家了，我还不打电话来告诉老兄吗？并不是我奉承老兄的话，我们是站在一条战线上的，况且这头婚姻的成功，我也认为是万分的光荣。为了这头婚姻，春明是被我不知骂过了多少次，所以我做父亲的绝不会放纵儿子这样的胡闹。况且我们的地位名誉，也总算不是一个普通人可比，假使闹出什么婚变的事情来，你我面子上怎么下得了台呢？并不是我庇护自己的儿子，照这封信上看起来，令爱给我儿子的刺激也不能说不算深，所以青年都是随心所欲，只凭一时之火气，而丝毫不顾平日的情意，所以我在得知这个不幸的消息之后，我也实在感到太痛心了。斌忠兄，照情理上说，我儿子是你小姐约出去玩的，现在你小姐倒回来了，我儿子却杳无音信，说句笑话，那我不是还要问你小姐赔还我一个儿子吗？"

兆光是个老狐狸，他含了笑容，反反复复地向斌忠说了许多的话，最后的意思，当然也是怪他女儿脾气太不好了。斌忠听了，觉得兆光说的倒也很有道理，遂把碧霞叫出来，说："周老伯要问问你，你自己气走了春明，到底也应该要负一点儿责任的。"碧霞听父亲这样没有用，此刻倒反而责问自己，于是冷笑一声，向兆光说道：

"周老伯，说我气走你的少爷，这简直是混账话。他是一个堂堂男子汉，难道会被一个女孩子气走吗？他明明爱上了一个摇船的姑娘，所以存心把我抛了。不过他不爱我了，尽管可以明明白白和我经过法律手续来解除婚约，他为什么要这样留信丢我，他明明是侮辱我。侮辱我，就是侮辱我爸爸。老实地说，我也不会当他是宝贝，既然你们父子串通一气来欺侮我们，我们也没有这样的老实。爸爸，你……你……难道连这一点点权威都没有？那你还有什么面目在上海管理这四百万的人口呢？"

碧霞一面说，一面便大哭起来。斌忠被女儿一激，他立刻又愤怒起来，哼了一声，向兆光瞪着眼睛，说道：

"兆光兄，这件事情，你现在预备怎么解决？我若不看在你是我的老朋友面上，我真对你不客气的了。"

"斌忠兄，这件事情很不幸，我实在非常痛心。不过他们发生裂痕是在杭州，所以我们做父母的也是一点都不知道。你说春明爱上了别人，我也不晓得，因为春明的人不在这里，当然是只有令爱一个人的话了。现在我们且别谈谁是谁非的问题，因为他们既然闹到这样地步，当然没有再结合的可能了。所以我现在说不出什么解决的办法，我养了这么一个不孝的儿子，也是我前世没有修好，所以今生吃这种苦楚。斌忠兄，我们是老朋友，你说吧！你要怎么解决就怎么解决吧，我一定都依顺你们。假使你要把我这个不孝子捉到了去碎尸万段，我也不再痛惜他的了。"

兆光因为是他下属，上司一发脾气，恐怕一切都完了，所以他是只好忍气吞声地回答，表示十二分消极的意思。说到末了的时候，他一阵子悲伤，眼泪却在眼角旁涌了上来。斌忠见他这个情形，心中倒又软了下来，因为在公务方面，兆光确实是自己一条手臂，我不能为了一点私情而伤了感情，这样说不定会发生大的变化，于是也放缓和了口吻，说道：

"欢欢喜喜的一件事情，竟会闹成这样吵吵闹闹的结局，我心中又何尝不感到无限的痛心。现在我的办法，当然是只有登报声明，解除婚约。好在沈君毅本来是做律师的，介绍人变成了解除婚约的证明人，那也是一种极便当的事情。还有这些聘礼聘金，我也不要你们的东西，都可以照数退还。因为他们两小口子发生裂痕，我们两老到底还是好朋友，你说是不是？"

"老兄这个办法是再好也没有，小弟感激之情，真是恩同再造。不过春明现在不知何处，那真是叫人着急呢！"

兆光一听他肯把聘礼聘金归还，心中真是放下一块大石，而且也捏了一把冷汗，所以感激涕零地回答。但是想到了儿子，他又暗暗地忧愁着。彼此既然已经商量定当，于是不多几天，那则解除婚约的启事也就在报纸上登载出来。但是春明却杳如黄鹤，石沉大海，一点消息也没有。害得周太太和兆光吵了好多次，而且也哭了许多日子。兆光没有办法，只好登报找寻，可是依旧不见他归来。谁知道春明和花枝两人到了上海之后，却租了一间客堂楼，竟然组织起小家庭来了。

春明怕父母不许他和碧霞解除婚约，所以他到了上海之后，连家庭也抛弃了，情愿在一家书局里做一个小职员，把所得极微薄的薪水，来开支他和花枝的生活。花枝也做得一手好活计，所以日子久了，隔壁嫂嫂、后楼阿姨都拿些衣服来给她做做，倒也可以贴补贴补家用。

说起春明那家书局，虽然名义上是国家办的，规模也非常的大，差不多各省都有分局。但是待遇的刻薄，真比人家公馆里做一个车夫饭司务还要低廉。这是对待小职员这个样子，不过那位大经理却不然。听春明告诉花枝说，连他每天早晨牛奶冲鸡蛋吃的一笔早点款子，也是公司里开账的。所以这种经理，下面职员是个个切齿痛恨。可是恨是恨在心里，却敢怒而不敢言，原因是那个大经理的头衔倒还是什么党国特派要人，不过他那种鄙吝的手段却完全是社会上一个第三流市侩的典型。书局里职员添多了，可是每天还是开一桌饭，一张圆台面非挤上十三四个人不可。职员本来在吃饭的时候总要等等经理，后来人家恨极了，管你什么经理，大家自管自坐下先吃，因此把这个大经理时常挤在旁边。那些经理下面的主任科长似乎有点不好意思，便向经理笑着道：

"我们职员慢慢多起来，一桌坐不下，应该要多开一桌了。"

"嗯嗯！一桌似乎太挤，然而两桌太浪费了，所以我的意思，明天关照饭司务，叫他先添一小桌，嗳嗳！一小桌就够了。"

大家听了，嘴里虽不说什么，但心中都在骂着，开饭还有一大桌和一小桌的分别，他妈的！大家一样是职员，谁是应该吃一小桌？谁是应该吃一大桌呢？大概这位经理从前在浙江路吃惯菜饭的，记得菜饭有大小碗的分别，这无非是菜饭店里给经济人打盘算的一个办法，谁知堂堂国营的大公司中也来实行这大小的分别。

这天晚上，春明匆匆地回家。花枝坐在灯下，还是赶着活计，一见春明到来，连忙笑盈盈站起，给他脱了西服上装，又给他拧了手巾擦脸。春明在外面疲劳了一天，回家见了这位贤德的娇妻，他就什么痛苦都忘记，抱住她的脖子，接了一个甜蜜的吻，笑道：

"已经是夜里，还做这些活计干什么？你真也太辛苦了。"

"你又向我顽皮了，天气渐渐热起来，你身上的衣服应该换季了，所以我想多赶些活计，拿来工钿给你去做一套麻胶布的西服穿穿。"

花枝轻轻把他一推，逗给他一个娇羞的媚眼，接着又无限关怀他的样子说。春明摇了摇头，却毫不介意的神气，说道：

"天气热了，我去买两条蓝斜纹短裤、一件香港衫，不是都解决了吗？还用得了再穿西服呢？老实说，做人只要精神快乐，物质上享受，倒还在其次。假使我要享福的话，我早可以回家中去了，那边派力司、凡立丁夏季西服起码有五六套，现在我一套都不要穿，我只要你家主婆给我亲一个吻，我心里已经快乐得忘记一切困难和痛苦了。"

春明一面说，一面抱住了花枝，在她小嘴儿上又接了一个长吻。花枝是柔顺得像一头驯服的绵羊，躺偎在他的怀里，尽管让他默默地温存。可是春明忽然发现花枝的颊上展现了几点晶莹莹的眼泪了，他倒是吃了一惊，连忙说道：

"花枝，你为什么却又伤心起来了？"

"不！我没有伤心。"

"你骗我，你面上不是还沾着泪痕吗？"

"春明，我心里很对不起你，因为你今日在这个环境里受苦，完全是为了我，所以我真不知拿什么来报答你才好呢。"

"花枝，你又在说孩子话了，你现在不是做了我的妻子吗？夫妻亲为一体，哪还用得到什么报答两个字吗？所以你千万不要这样说，倒叫我心中也很难受。老实地说，我现在吃苦是清白的、纯洁的，假使我回家去享福，恐怕将来也是死无葬身之地的，所以我还是非常地感激你，因为你救了我的灵魂！虽然我眼前是十分的困苦，不过我们只要度过了这困苦的时期，我们就会得到光明的前途。花枝，你千万不要为我而伤心流泪，你应该对我笑一笑。嗯！你笑呀，你笑呀！哈哈！这一笑真是百媚千娇，就是西子复生，也不能专美于前了。"

春明一面吻着她颊上的泪水，一面对她絮絮地劝慰。说到后面，又像孩子撒娇般地要她笑一笑。花枝被他缠绕不过，只好含了眼泪，向他嫣然一笑。这一笑自然非常的好看，乐得春明把她搂在怀里，忍不住甜甜蜜蜜地又接了一个长吻。

光阴匆匆，不知不觉已到炎热的暑天了。这天春明回家，面色很不好看，口里还叫着头痛。花枝十分着急，说他一定中了暑，还是快吃十滴药水。不料当夜就头痛发热，而且腹部又泻起来。花枝急得六神无主，只好把辛辛苦苦做针线活赚下的工钱，给他请医生来看视。但是并没有十分效力，而且已经变成了痢疾之症，一天要泻二十多次，把春明一个很强壮的身子，瘦成了一把骨头。花枝因为春明已经病了半个多月，家中的钱慢慢地快花完了，在这个举目无亲的上海，问谁去借好呢？只好到书局里去暂支薪水，不料那经理说，上个月春明先拿薪水，下半月生病，已经欠了店里半个月的钱，如何还能再借？花枝在万分失望之余，只好流着眼泪回家来了。

八

　　花枝流着眼泪很失望地回来，在弄堂口遇见隔壁的
阿姨。阿姨见花枝今日神色有异，似乎很悲伤的样子，
遂悄悄地问道：

　　"周家嫂嫂，你在什么地方？这几天周先生的毛病
可有好点了吗？"

　　"唉！也不见什么大好，总是这个样子，但日子已
拖延了这么久，这家书局里真是不讲道理，职员生了
病，向他们暂支点薪水都不答应。你想，这种做经理的
人，良心也不是太黑了吗？"

　　凭了花枝这几句话，阿姨就知道她是在书局里借不
到薪水回家来的，这当然是非常的悲哀了。因为一个人
生长世界上，钱是最要紧的生活要素，何况她家中还有
一个丈夫生着病呢。所以心中倒很同情她的处境，遂拉

着花枝的手，叫她到自己家里来坐一会儿，给她倒上一杯茶。花枝连连道谢，阿姨这才向她低低地开口问道：

"周家嫂嫂，你这两天是不是短少钱用？我这人是素来很喜欢多管闲事，见人家有了急难，终要想法子帮助人家，这样子我的心里才会觉得好过一点儿，否则，我会感到十二分的不安。周家嫂嫂，你不用怕什么难为情的，你只管对我说好了。"

"阿姨，你真是一个热心仗义的好人，我也瞒不了你，真的，我实在是短少钱用。因为我丈夫病了半个多月，请医吃药，已经花费了不少，而且还要每日开销，虽然我是不敢浪费，每天三餐薄粥，菜市也不去，只买了一包油氽黄豆，但还是免不了要钱才可以生活。阿姨，说起来真叫我十二分的难为情，我们竟会穷苦得这个模样儿。"

花枝红了脸儿，秋波逗给她一瞥感激的目光，低低地说。但是说到末了，她心里又觉得一阵子伤悲，眼泪忍不住又滚下了两颊。阿姨拍拍她的肩胛，笑起来说道：

"周家嫂嫂，我说你真像小孩子般的老是伤心干吗？常言道个人头上一片天，天无绝人之路，比方说，做叫花子也还有一条生路呢！况且一个人贫穷也不会贫穷到底的。周先生是个年轻人，而且你又是花儿一般的美丽，将来还怕没有好日子过吗？所以你千万不用伤心的。周家嫂嫂，那么你现在需要多少钱用呢？"

"因为我丈夫的病有增无减，所以最要紧的是继续求医，医药费又这么的贵，我想……我想阿姨肯救人急难，就借我一万元钱。"

"一万元钱是小数目，那算不得什么。周家嫂嫂，这儿是一万元钱，你只管拿去用吧！"

阿姨一面说，一面在皮包内取出钞票来，交给花枝。花枝接过钞票，心中说不出是欢喜还是悲哀，一面连连道谢，一面忍不住眼皮儿又红了起来。因为心中记挂春明，遂匆匆告别回家。到了家里，只见春明在床上呻吟，好像十分痛苦的样子，遂悄悄地走到床边，低低地叫道：

"春明，你……什么地方又难受了？我倒杯茶你喝好吗？"

"花枝，你回来了，钞票借到了没有？"

春明虽然口里在呻吟，但两眼却闭了在养神，此刻听了花枝的叫声，遂微微地睁开眼来，一见花枝已在床边，遂把她手儿握住了急急地问。花枝知道春明的脾气，因为告诉了书局里势利的话，他一定要气得全身发抖，那么这不是要增加他的病体吗？所以没有办法，只好忍熬住了痛苦的眼泪，含了勉强的苦笑，低低地说道：

"借到了，经理先生很好，他借给我一万元钱。"

"真的吗？这样一个'狗比倒灶'的人，终算也会放出一点良心来了。"

"是的……春明，那么我此刻就给你去请医生吧！"

花枝说了"是的"这两个字，她的喉间几乎有点哽住了，但又恐春明见疑，遂慌忙镇静了态度，又低低地说下去。春明却把她手儿拉住了，他没有开口说话，眼泪先涌了上来。花枝也悲哀地淌眼泪了，问他做什么。春明方才说下去道：

"花枝，俗语说得好，有命肯苦不死，无命有钿难医。所以你也不用去请什么医生了，会好的当然不会死；不会好的，就是你金子堆成了山，恐怕也是难医病的。不过我死了倒也脱离了一切烦恼和痛苦，只是留下了你一个孤零零的弱女子，在这举目无亲的上海，怎么样才能够度过这悠悠的岁月呢？我为你打算了许多时候，终算给我想出了一个办法来了。刚才我勉强坐起来，写了一封信……"

"春明，你……怎么能坐起来写信？唉，有了病终

150

要好好儿休养，为什么偏喜欢胡思乱想呢?"

"是的，你这话虽然不错，但是一个人是不能不有所考虑的，为了你的生活，我不能不竭力支撑着软无气力的身体，用了颤抖的手，来写了我这一封需要为你写的信……"

"那么你这封信是写给谁的?"

"是写给我父母的。"

"你写给他们什么事情呢？是你要回家去吗?"

"不！我今生不预备回家了，我是叫你拿了这封信去见我的父母。花枝，这一封信我写得很浅近，你也许能够看得懂，但是你看了不要伤心，因为我已预料到不久必定会到这样的地步，所以我在没有断这口气之前，我终不能眼瞧着你将来为我而吃这种求生不能求死不得的苦楚。花枝，你……看吧！你……拆开来看吧!"

春明说到这里，把一封信在枕头底下抽出来，抖着两手交到花枝的怀里。花枝拿了这封信，她不说话，也不去看，忽然伏到春明的身旁，忍不住呜呜咽咽地哭泣起来了。春明被她一哭，眼泪也像雨点一般地落下了，两手抱着她的身子，哽咽着道:

"花枝，你不要哭呀！一个人是免不了要死的，也无非是时间长短罢了。早知道我今日会这样的短命，我真不该来害了你的终身。花枝，我怎么能够对得住你呢？"

"春明，你不要说这些话，你不要说这些话，我的心都为你碎了。你是一个年轻的人，偶然生了一点小病，这也算不得什么一回事，你为什么偏要胡思乱想呢？你说你对不住我，其实是我害了你，你为了我这个苦命人，有很好的家，情愿抛弃了，有很美丽的环境，情愿不要了，跟着我受这种社会折磨的苦楚，你叫我怎么能对得住你？春明，我虽不能和你同年同月同日生，但我却愿与你做一对同命鸳鸯。所以你这次若万一有什么不幸，我也绝不愿独个儿活在这个世界上的。"

"哦！花枝，你不要这样说，因为我这个家是黑暗的，我虽然是活着，但我还感觉十分的可耻。今日我纵然是死了，但我的精神、我的灵魂是纯洁的，是清白的，所以你并不害我，你可说是救了我的灵魂！花枝，你千万不能有这一种消极的观念，否则，那是叫我内心更加感到一重无限的痛苦了。"

花枝和春明各自说着断肠的话，但说到后来，两人还是免不了大哭了一场。哭过了一回，春明还是要她看这封信，花枝不愿看，却伸手把它撕了，说道：

"春明，既然你说这个家是黑暗的，那么我也绝不愿到这种黑暗的地方去过生活，所以你死我也死，你活我也活，我什么都不管，我已完全打定这个主意了。"

"花枝，你既然有了这样存心，我倒不能不想要活起来做人，因为死了我一个人，却要丧了两条命，这到底是一件太悲惨的事情了，所以你还是快给我去请一个医生来吧！"

"嗳！这样才对了。春明，我相信你的病是不要紧的。"

花枝听他肯看病了，这才显露了一丝微笑，一面向他安慰，一面便匆匆地去请医生了。春明平日是喜欢西医来治病，所以花枝给他请来的当然是西医。西医在诊视了后，说最好到医院里去住院，因为他的病已经到了很严重的关头了。春明听了，说既然很危险，也不必到医院里去住院医治了。但是花枝不肯，一定要春明住到医院去。春明为了花枝的前途，他不得不希望自己有了救星，所以当时也只好答应下来。

光阴匆匆地过去，春明在医院里已住上十天光景了，虽然病体没有加重，但也没有见愈。不过住院医病，是贵族人家的派头，像春明这么贫穷的人实在是不配享受的，所以医院里因为账房间里对于春明这一户名下结存钱不多的时候，就向花枝来追缴保证金。花枝没有办法，只好瞒了春明，又和阿姨来商量。阿姨皱了皱眉头，表示有点为难的神气，说道：

"周家嫂嫂，并不是我推三阻四，因为这两天银根很紧，我自己实在也调转不开来。譬如说，我上次借给你一万元钱，也有十多天了，现在外面拆息很大，有交情的也要两角三角，而且还要拿饰物做抵押，现在我对你真是特别交情，所以和你提都不提起一声，如今你前债未清，此刻又要问我来借钱了，那我也是一个女人家，又没有开着银行，叫我一时里到什么地方去想法子借给你好呢?"

阿姨这一番话，说得花枝两颊像玫瑰花儿似的通红起来，同时她额角上的汗点也像珍珠般地冒上来，显然她是感到无限的羞惭。阿姨见她并不回答，似乎盈盈欲泣的样子，遂又温和地说道：

"周家嫂嫂，你不要怪我言语得罪了你，其实我也是为你心中着急的缘故。周先生他是病在医院里，你又没有一些儿生产的能力，就说我现在有钱再借给你，那也不是一个根本解决的办法呀！所以我觉得你应该想法子找些儿事情做才好。"

"阿姨，我并没有怪你，因为你说的话很对，我实在也是因为急得没有办法，所以厚了面皮，再来向你开口，其实我自己也很不好意思。你叫我找点事情做做，我也何尝不想到，但是叫我一个孤零零的小女子又到哪里去求工作好呢?"

花枝抬起头来，逗了她一瞥无限羞惭的目光，她的眼泪已从颊上挂到嘴角旁来了。阿姨微微地一笑，向她望了一回，低低地说道:

"像你这样的人才，只要不怕吃苦，我当然可以介绍你去做工呀!"

"阿姨，我只要有工作做，我无论怎样的苦都肯吃。"

"既然你这么说，那很好，今天晚上七点钟，我陪你到厂里去走一趟。"

"阿姨肯这样热心帮忙，那你真像是我重生父母一样了。"

"周家嫂嫂，你此刻是不是急于等钱用?"

"是的，因为医院里已经向我催过两次了，倘然再不付钱，就要驱逐我们出院了。"

"唉! 世界上人哪里真正有慈善心肠的，一个医院尚且如此，那何况是其他的事业，当然是金钱为前提了。周家嫂嫂，这是我去摇会的一万元钱，现在就先给你，你快点儿付到医院里去，等七点钟的时候，你再到我家里来好了。"

花枝见阿姨这样好良心，真是感激涕零，这就千恩万谢地谢个不了，一面拿了钞票，一面便匆匆地赶到医院里付钱去了。是晚七点钟的时候，花枝果然没有失约，准时到来。阿姨见她云发蓬松，神情委顿，遂叫她洗一个脸儿，说道：

"周家嫂嫂，你千万不要弄得这个模样，应该打扮打扮才好，我来给你头发做一做，你快洗个脸儿，被人家看见了，以为你是生着病呢！"

"为了我春明的病，你想，叫我还有什么心思梳妆打扮呢！一天到晚，我自己也不知道在忙点儿什么呢，唉！"

花枝一面洗脸，一面说着，说完了，又忍不住微微地叹了一口气。阿姨拿了烫发钳，一面给她烫头发，一面向她搭讪着问道：

"周家嫂嫂，你去做工，周先生他知道了没有？"

"我没有告诉他，因为他是个心高气傲的人，所以一切的事，我都不愿意说给他听。等他病儿好了，我再告诉他也不迟。"

"嗯！这样很好，因为有病的人，总要少给他受一点刺激才好。"

"阿姨，我的意思，最好给我做夜班，那么白天里仍旧可以到医院里去服侍他，但事实上不知可能不可能？"

"凭我一句话，那当然是可能的。晚上八点到第二天早晨六点，你就可以回来了。"

阿姨一本正经地回答，表示她和这个厂里关系很密切的样子。花枝听了，十二分欢喜，连说"我真想不到在万分绝路之时还能遇到像阿姨这样慈悲的好人"，所以她颊上的笑窝儿又微微地掀了起来。阿姨从镜子里望到花枝的面庞，经过一番化妆之后，那真是像月里嫦娥一般的娇艳，所以在她的心中也是同样感到欢喜，只不过个人欢喜的目的不同罢了。花枝这时又问道：

"阿姨，这家厂里出品些什么货色呢？因为我是生手的，只怕厂里对我这种工人很不欢迎吧？"

"没有关系，生手熟手倒不成问题，好在吃自己饭，生手的做得少点，熟手的就多做一点。一个人也不是生下来就会的，终要慢慢地学习才会熟手，你说是不是？不过像你这样聪明的女子，保险你一看就会，做得好，每个月也有十多万可以赚呢！"

"啊！真的吗？有十多万一月，可怜我春明苦苦地早出晚归，也只有两万元一月呢！想不到还及不到一个厂里的女工，可见现在真是劳工抬头的时候了。"

花枝听了，感到无限的惊喜，她心中是抱了多少的
热望。阿姨给她做好头发，又在自己衣橱里取出一件旗
袍，交给花枝，笑道：

"我这件旗袍太小了一点，平日又不常穿，藏在橱
里也没有用，还是送给你换着穿了。因为现在这个社
会，人心势利，都是狗眼看人低，衣服穿得好一点，到
处都可以占点便宜，否则，你衣服穿得破旧一点，他们
就会疑心你会偷东西的了。"

"阿姨，你待我这样好，叫我不知怎样来报答你
才是？"

"我和你像自己姊妹一样，还用得了这些报答的话
吗？时候不早，我们可以走了。"

随了阿姨这两句话，两人于是匆匆坐车到工厂里去
了。花枝是莫名其妙地跟了她去了，以为工厂终是开设
在很冷静的地方，谁知三轮车却在最热闹的小花园停下
来。阿姨付了车钿，拉了花枝的手，一同步入一个弄
堂，只见有几家石库门上都亮了一盏白纱的灯罩，有的
灯罩上写"陶陶"两字，有的写着"杨贵妃"三字，
也有写着"绿宝"两字的。花枝不明白这些字是什么意
思，要想问她，阿姨把花枝已领进那个杨贵妃的石库门

里去了。一到里面，就有几个年轻的女子，穿了拖鞋，叫了一声阿姨。花枝暗想，阿姨这两个字倒很有一点名气呢！这时阿姨领了花枝走进一间厢房，只见里面电灯开得很亮，有许多的女子都在对了镜子涂脂抹粉。花枝在跨进石库门的时候，心中已经有点奇怪了，因为一家工厂里为什么没有机器的声音？此刻见到了这一班正在梳头打扮的女子，一时更加地惊骇起来，遂悄悄地问道：

"阿姨，这到底是什么厂呀？我真有些不明白起来了。"

"妹妹，我老实告诉你吧！这里不是什么工厂，原是叫作向导社，我就是介绍你到这里来做向导女子来的。"

"向导女子？我没有听过这些名字，向导女子做些什么事情呢？哦！哦！莫非是……阿姨，这个我是万万也不能够的，我若去赚了这些腌臜的铜钿，你叫我怎么能够对得住我的丈夫呢？我不干，我不干！"

花枝一向在杭州乡村里，她根本不知道上海有这些花样经，就是到了上海，因为很少外出，而且又不和人家常去搭讪，每天住在屋子里，对于上海社会的情形还是不大明了。此刻听了向导女子的名词，似乎也很陌生，所以她依然有点莫名其妙。不过凭了女子在涂脂抹粉的情形看起来，心里就猜到大概和妓女差不多吧！一想到"妓女"两个字，她全身一阵子热腺，心里便急了起来，遂很正经地向阿姨拒绝。阿姨笑了一笑，说道：

"你不要急呀！妹妹，我告诉你，做向导女子一点也不丢脸的，你以为向导女子是怎么一回事呢？比方说，我到上海还是第一次来，不知道上海有什么好玩的地方，所以要一个人向导向导的意思，那不是一件很高尚的事情吗？"

"可是我在上海也只住了三四个月的日子，上海有什么好玩的地方，我自己也莫名其妙，那么别人家来叫我陪伴，不是太使人失望了吗？"

花枝这两句话倒是把阿姨怔怔地愕住了，遂想了一回，方才又笑着道：

"妹妹，你不要胆小呀！上海地方，有三轮车人力车，只要跳上车子，还怕找不到地方吗？你不要傻了，总而言之，这一项工作，一点不用脑筋，就可以赚钞票，这是一件最出风头的生意。妹妹，你现在不妨就尝试一下，假使认为不对的话，你再不做也来得及呀！"

"不，不，这种变相卖淫的事情，我忍死都不干的。"

"你真的不干吗？"

"当然真的，做苦工我不怕，做这些丢脸的事情，我决不愿意。"

"好！那么你把我的两万元钱还给我，还有把利息也都结清了，否则，我就拉你到巡捕行里去吃官司。"

花枝想不到阿姨会一翻脸皮就不认得人，一时方才知道她是这里老板娘，大概早已看中我的人了，所以有这样热心仗义地来自动借给我钱，原来她是存心不良的。唉！我竟上了她的当了，她是一个毛皮畜生呀！现在我落在她的圈套里，这……这……叫我怎么的好呢？想到这里，一时把眼泪也都急出来了。这时里面又走出一个男子来，满面生了横肉，一对老鹰眼生得闪烁烁的好像要吃人的样子，向花枝恶狠狠地望了一眼，说道：

"阿姨，这个小姑娘怎么样？她到底肯不肯？欠了人家的钱，还能不依顺人家吗？她若再说一个不字，我马上叫日本宪兵来把她带到司令部里去。"

"阿龙，你不要大声嚷嚷的，倒把人家姑娘吓坏了。我妹妹也没有说一定不肯，因为她不明白向导女子的意思，所以心中有点儿犹豫不决罢了。妹妹，你应该仔细地考虑考虑，你周先生不是在医院里生着病吗？几时可以出院，那当然还是一个问题。你现在不想着弄点钱来，万一我今天给你的一万元钱又在医院里用完了，而周先生的病还不见痊愈，那时候我试问你怎么样办呢？况且我给你这两万元钱，你终也不能一辈子不还给我吧？"

阿姨见阿龙闻声出来做红面孔，自己这就把态度平和下来，用了劝解的口吻，向她低低地说。花枝这时心中像刀割一般的痛苦，她想要哭，但是又哭不出来，呆呆地沉思了一会儿，她忽然下了一个决心似的，说道：

"好！阿姨，我就答应你了。"

"那么请你到里面来订三个月的合同，假使没有到三个月你就不做了，我们要你赔偿一切的损失。"

"阿龙，你说话终是这样鲁莽的，我们对她完全是一片好意，假使她把我们要当作仇人一样，这我们似乎不太合算了。所以我的意思，倒不必要她订三个月合同。妹妹，不过我们社内的规矩，凡是新来做社员都要写一张自愿书，期限起码一个月，我想这短短的一个月的日子，大概是不成什么问题吧？"

阿姨虽然是庇护着花枝的意思，但她所说的话，还是换汤不换药的办法。花枝一个涉世未深的弱女子，她还有什么反对的能力呢？因此她变成了一头屠场上的绵羊，也只好任他们这两个屠夫来摆布的了。

在写好合同纸后，花枝便算是社内的一个社员了。大概在九点光景的时候，外面来了三个身穿西服的男子，脸上红红的显然是喝醉了酒来寻欢的。他们都挑选了一个，还有一个少年，认为她们没有漂亮的人才，所以预备到别家去挑选。阿姨这一笔生意不肯给他们逃走，所以便把花枝介绍出去。那少年一见这个姑娘，立刻堆下笑容来，连说"再好没有"，于是这里六个人分成三对便走出去了。他们坐了三辆三轮车，说了一声"米高美门口"，车夫就向前驶行了。

　　这时候花枝坐在车子上，因为旁边还有一个陌生男子，所以她一颗芳心的跳跃，好像是小鹿般地乱撞，只管暗暗地想着，阿姨说向导女子是向导人家到好玩的地方去白相的，万一他向我问起上海什么地方最好玩，那叫我拿什么话儿去回答好呢？她心中一急，脸儿更加红晕起来，而且额上急出珍珠般的汗点来了。就在这时候，那少年向花枝低低问道：

　　"你这位小姐贵姓呀？芳名叫什么？"

　　"我姓王，名叫花枝。"

　　花枝既然说了出来，但心中倒又懊悔了：我为什么不假造一个姓名呢？唉！我这人真也笨得太可怜了。就在这时，那少年又望着她笑道：

163

"我知道你们社里小姐都不肯把真姓名告诉人家的，但是我倒很想知道你的真姓实名，不知道你肯向我告诉吗？"

"是的，我的真姓是钱，名字叫小玲。"

花枝听了这话，觉得这倒是给自己一个好机会，所以她乌圆眸珠一转，就毫不思索地说了一个钱字，心里倒不由得好笑起来，因为以真作假，以假作真，这使他心里一定是很相信的。那少年听花枝说姓钱，也许是多喝了一点酒的缘故，便笑嘻嘻地说道：

"这真是巧极了，我的妻子也姓钱，那你倒真的是我小姨了。"

"你这位先生贵姓？哪有这样凑巧的事情，我知道你在讨我的便宜。"

"我姓苏，名叫思浩。实实在在的事情，我家主婆真的也姓钱，假使我讨你便宜，我便是孙子王八蛋！"

花枝听他发起咒来，一时也不由得嫣然地笑了。思浩见花枝这一笑，真是千娇百媚，好看到了极点，这就情不自禁偎过身子去，拉她的手，笑道：

"钱小姐，你真漂亮！你比我家主婆还要漂亮得多。"

"苏先生，请你不要动手动脚的，被人家看见了，恐怕不大雅观吧!"

花枝见他贼秃嘻嘻的神气,遂挣脱了手儿,镇静了脸色,向他很正经地说。思浩见她艳如桃李,谁知却是冷若冰霜,一时也只好缩回了手,笑道:

"对不起,这是因为我多喝了一点酒的缘故,所以举动上免不得太兴奋了一点,请你原谅我吧!钱小姐,你今年青春多少了?"

"二十八岁。"花枝的脸色是板得一些儿笑容也没有。

"你又在说笑话了,我想你大概是十八岁了,对不对?"思浩望着她脸儿还是嘻嘻地笑。

"二十八岁也好,十八岁也好,反正这些和你是没有多大的关系。"花枝却一再地给他碰钉子。

"那么你家里有什么人?不知道进社有多少日子了?"思浩装作木然无知的样子,继续地问。

"家里的人多得很,有父母,有兄弟,有姊妹,还有伯叔,还有……还有,嗯,还有祖父母……"

花枝是故意在吃他的豆腐,遂絮絮地派了一大套。思浩还信以为真,不禁呀了一声,惊异地问道:

"既然你家里还有这许多男人家,为什么还要你一个女孩子出来做这种事体呢?难道他们都不会赚钱的吗?"

思浩这话倒是把花枝问住了，正要造这些谎话去回答他，但三轮车已经在米高美舞厅的大门口停下来了。

九

这个苏思浩是什么人呢？诸位当然记得他就是苏明珠的哥哥了。明珠是碧霞的同学，在杭州游玩的时候，他们是碰见而认识的。思浩见了碧霞，心中就情不自禁和她表示好感，后来知道碧霞和春明发生了破裂，到了上海之后，更加向她百般追求。碧霞因为在春明那里受了刺激，所以便也决心嫁给思浩。思浩的父亲也是社会闻人之一，听碧霞是斌忠的女儿，心中早已欢喜，因为有许多地方，大家还可以互相携手，所以不到一个月，他们便结成花好月圆。结婚那一天，真是十二分的热闹，只有春明的父母亲气得差不多连饭都不要吃了。不过思浩本来是个纨绔子弟，见一个爱一个，那也算不了什么稀奇，而碧霞偏偏又是个高贵的小姐，平常不敢发的脾气，在结了婚以后，大家便会都不客气地发出来。

因此他们心中也并不感到这头婚姻是满意的，只可惜生米已经成了熟饭，所以两人也各自到外面去度着浪漫的生活。世界上事情真也凑巧，花枝第一夜入社，竟然就遇到了思浩，这就无怪又造成了下面这一段悲惨的故事。

米高美舞厅在市区内是最富丽堂皇的一家舞宫，里面的装置和设备，极尽精致华丽，人入其中，真是光怪陆离，目眩神迷，尤其听了这一班爵士音乐的声音，那是怪不得这一班青年男女沉醉其间而乐而忘返了。

花枝自落娘胎还没有步入过这种场所，今日在骤见之下，真使她一颗芳心会感到极度的紧张，这好像从前听老伯伯讲的神话故事中的地方一样，想不到上海真有这样的神仙境界，那倒是梦想不到的事情了。花枝心里虽然是这样想，但她表面上还是显出落落大方的态度，和他们在座位上坐下。思浩给花枝介绍两个朋友道：

"这都是我的要好同学，王先生、张先生，这位……是钱小姐，她是我的小姨。"

"倒是遇得很巧，我看你这位小姨比你老婆更要美丽一点。"

"阿苏，你就不妨实行一下一箭双雕，这倒是艳福不浅啊！哈哈！"

张、王二人都油腔滑调地说，而且又望了花枝哈哈笑起来。花枝虽然听不懂这些名词是什么意思，不过瞧了他们这种轻狂的举止，心中就明白至少是带了一点侮辱的意思。一时想到自己是个清清白白的女孩子，今日却被他们当作玩具一般，她更想念医院里的春明，因此又伤心起来。假使不是竭力镇静了悲哀的思绪，她真的会流下眼泪来了。音乐一曲一曲地奏着，张、王二人都挟了旁边的导伴去跳舞了。思浩见了眼痒，他站起身子，拉了花枝，也免不了是这一套。但出乎思浩意料的，花枝红着脸儿，却回答说"我不会跳舞"。思浩还以为她假痴假呆地不肯去跳，遂打躬作揖地笑道：

　　"小姨，你难道连姊夫要和你跳一支舞都不肯答应吗？"

　　"苏先生，我真的不会跳舞，不怕你心中见笑，我到这儿来游玩实在也还只有破题儿第一遭呢！"

　　花枝窘得一颗芳心几乎要从口腔里跳跃出来，她涨红了玫瑰花朵般的脸儿，向他一本正经地告诉。思浩见她的神情，似乎不像对自己说谎，这就在她身旁又坐了下来，用了猜疑的目光，望着她说道：

　　"我不相信，你从前难道就没有到舞厅来玩过吗？那么你入社有多少日子了？"

169

"多少日子？还只有今天第一夜。"

"真的吗？那么我们也可说是有缘分的了。"

思浩听她这样说，又见她这样娇羞欲绝的意态，这就暗想：也许是真实的情形吧！他一面在喜极欲狂之间，一面又去拥抱她的腰肢。花枝推开他的身子，秋波斜乜了他一眼，口里虽然不说什么，但她心中显然有些讨厌的表示。思浩这就想到她是一个初入社的女子，她当然是从未见过花月场中的情形，因为良家妇女，对于动手动脚的举止，至少认为是有些侮辱的意思，那我倒不能给她心中印上了一个恶劣的影像。这种小姑娘应该要用温情文雅的态度去对付她，那么久而久之，还怕她不投入我的怀抱里来吗？思浩心中有了这一个打算之后，他就开始改变了作风，很正经的神气，低低地道：

"既然钱小姐是初次入社的，那就无怪你一切交际不会的了，我们还是坐着谈谈好吗？"

"不过我的口才也很迟钝，假使有什么言语得罪了先生，请你也不要生气。"

"我想单凭了你这两句话，你的口才也不算什么迟钝的了。钱小姐，你念过书吗？"

"我没有念过书，我完全是个乡下刚到上海的女子。"

"那么你的家里这许多人也都在乡下吗?"

"嗯,没有。"

"那么在上海?"

"也没有。"

"咦!你不是说有祖父母、父母、叔伯、兄弟、姊妹等许多人吗?"

花枝被他这么一提,方才记得刚才在三轮车上对他说的一片谎话,这就忍不住嫣然地笑起来。思浩倒也是个聪明人,经她一笑,便理会过来了,笑道:

"哦!我明白了,你说的完全是谎话,我想你家里绝没有这许多人的,对不对?"

"也许有这许多人,也许没有,好在你也不必一定要知道他们。"

"那么你府上是住在什么地方?能不能让我来拜望拜望你吗?"

"这个我以为大可不必,第一,地方太小,不能容纳你们大少爷的身体;第二,因为我是一个有丈夫的女子,恐怕不大方便。"

"什么?你已经有丈夫了吗?可是我有点不大相信,像你这样的年纪,我想你一定还没有嫁过丈夫。"

"但是,事实上我真的已经有丈夫了,我骗你有什么好处？"

"那么你既然是有丈夫的，怎的还要你来做这些事情呢？难道你丈夫不会赚钱的吗？"

"不，因为我丈夫生了病，所以我没有办法，只好暂时来受一点侮辱，所以请你应该用一种可怜的目光来看待我才好。"

花枝说到这里，语气有些颤抖，她眼角旁已涌上了晶莹的眼泪了。思浩见她神情而猜测，也许是实在的情形，遂故作同情的样子，微微地叹了一口气，说道：

"那你的遭遇真也叫人可怜了，你丈夫叫什么名字？他的病到底要紧不要紧呢？"

"对不起，恕我不能告诉你，因为我丈夫是个体面的人，我不能丢了他的面子。"

"可是你做了这种事情，难道不失你丈夫的面子吗？"

"这个……我当然是没有给我丈夫知道。"

思浩一句一句地紧逼着她，花枝被他逼得真的要哭起来了。正在这时，他们已舞罢归座，花枝也慌忙收束泪痕。张先生向他们望了一眼，笑道：

"你们两人怎么不去跳舞？是不是谈爱情谈得忘记了？"

"小张，你不要瞎三话四，当心我们钱小姐心中生气，人家谈正经的事情，你看她两眼不是红红的已经哭过了吗？"

"在舞厅里谈正经的事情，那不是太傻了吗？"

"钱小姐，你为什么哭？是不是被我们老苏弄痛了？"

随了他们这两句话，大家忍不住都笑了起来。花枝是只装没有听见，低了头儿，不去理睬他们。思浩心中却在暗暗地计划着，用什么方法才可以叫这位姑娘服服帖帖地投到自己怀抱里来？时间是毫无留恋地过去了，差不多已经子夜十二点相近了，张、王二人和两个向导女大概都已接洽好了代价，他们都先后匆匆地管自去了。这里只剩下思浩和花枝两个人，思浩在袋内摸出皮匣，先数了两千元钱，交给花枝，说"这是你付到社里去的钱"，一面又数了三千元钱，塞到花枝手里，低低地说道：

"钱小姐，这三千元钱我给你私人的，你不用交到社里去知道吗？"

"我不能无缘无故拿你意外的钱，所以这三千元钞票，我却不好意思接受。"

思浩对于花枝这几句话倒是出乎意料的，忍不住望着她笑了起来，说道：

"钱小姐，你只管拿着，因为你不是说你丈夫有病吗？我想你在这几天中当然是很需要钱用的，所以我觉得你的环境太可怜，非要帮你一点忙不可。假使你认为我这个人还不算坏的话，我希望和你交一个朋友，而且更希望和你丈夫交一个朋友。"

思浩后面这一句话，就是表示自己对花枝并没有什么不良存心的意思。花枝一时心中也感动起来，觉得思浩真是一个有侠义心肠的好人，所以向他连连道谢，说了许多感激的话。思浩也愈加显出大方的态度，还给她讨了一辆车子，送她回去。

从此以后，思浩天天夜里来社叫花枝出外游玩，日子久了，不知不觉和阿姨认识起来。从阿姨口里知道了花枝的丈夫名叫周春明，他们住在阿姨家隔壁。思浩听了"周春明"三字，似乎有点耳熟，猛可想起来碧霞从前的未婚夫，他心里倒不由得暗暗好笑，难道果然是他吗？那么这小子该是要做乌龟的了。这天晚上，思浩在大上海饭店开好房间，打电话到社里去叫花枝出差。花枝因为在社内已有半个月的逗留，她似乎也有点习惯了，只好坐车前往。推开房门，见只有思浩一个人在房中，他在室中踱着步子，口里吸着烟卷，好似有点心焦的样子。他回头一见花枝，便堆下满脸笑容，上前握住了花枝的手，说道：

"钱小姐，怎么在路上要这许多时候？真把我等得急死了。"

"这是你心理作用的缘故，你不见我那张卡纸上，到现在还只有十分钟时间吗？苏先生，我告诉你一个好消息，我丈夫的病已经完全好了，他在今日下午出院的。"

"真的吗？那我应该向你恭喜了，我还没吃过饭，大家在这里吃一点好吗？"

思浩一面说，一面按铃，吩咐茶房拿上酒菜。他满满地斟了两杯，一面请花枝坐下。他举了杯子，笑道：

"钱小姐，我这一杯酒是庆贺你丈夫病体好了。"

"我很感激你，因为你接济我许多钱，所以我也应该陪你喝一杯。"

花枝因为思浩在这几日内对自己确实没有无礼的举动，所以她很相信思浩的人格，遂举起杯子来，一面回答，一面便陪着他喝了一杯，接着又说道：

"苏先生，我明天已决定退出这个社了，因为我丈夫已住在家里了，所以我不能再干这种丢脸的工作。今天我们在这里喝酒，也许是最后的一次。"

"哦！这样说来，我更应该向你庆贺三杯，因为你能脱离恶劣的环境，这当然是你前途的幸福。来，来，来，我们应该痛饮三杯!"

"三杯我喝不下，再喝一杯，因为我酒量太不好了，多喝了，说不定会喝醉的。"

"那么喝两杯，因为你丈夫病好了，你们夫妻又团团圆圆可以过甜蜜的光阴，所以应该喝一个双杯儿，但愿你们白首偕老!"

思浩一片花言巧语说得花枝没有主意起来，因为已经喝下了一杯酒，她的心中也刺激得有些兴奋，遂微微地一笑，掀着酒窝儿，情不自禁地喝下了两杯酒。花枝是并不会喝酒的人，如何能够一口气喝了三杯酒？所以她的脸儿是通红起来，而且头脑子也感觉到有些疼痛，把手在额角上一托，皱了眉尖儿，低低地说道：

"不对，不对，我真喝醉了，那可怎么办?"

"喝了两三杯酒，我看不会醉的。"

"你不知道，我有点头昏眼花起来了。对不起，苏先生，我要回家了。"

"就是你真的醉了，你也不能到外面去吹风呀！吹了风恐怕会呕吐起来的。我的意思，还是扶你到床上躺一会儿吧！回头我叫车子送你回家。"

"只怕一睡到床上就醒不过来了，因为我今天晚上十点钟要回家的。"

"你放心，到九点三刻的时候，我会叫醒你。"

思浩一面说，一面扶她到床边走，等花枝软绵绵倒在床上的时候，他再也压制不住他内心的热情了，这就猛可地把身子覆压下去，抱住花枝的身子，在她小嘴儿上紧紧地吮吻了一阵。花枝做梦也想不到他在今天晚上对自己会有这一种禽兽的举动，这就拼命地挣扎。无奈酒后全身无力，被他压在身上，却没有抵抗的能力，不由得气喘喘地说道：

"苏先生，你……你……你……这是什么意思？你快放我，你快放我！"

"钱小姐，你不是要脱离向导社了吗？那么今天最后的一夜，你是应该给我留一点儿纪念。"

"不，不，不，你不能这样子，我当你是个侠义心肠的好人，谁知道到今日你竟暴露了你的兽行，可是我绝不能答应你这无理的要求。"

"钱小姐，请你明亮一点，我在你身上花了这许多钱，你若一次不给我亲热的表示，那你也太把我当作瘟生看待了。"

"什么？这些钱又不是我问你讨的，都是你自己要

177

送给我的呀！你到底放不放手？我可喊了。"

花枝见他一手又在拉扯自己的衣服，心中这就更加急了起来，圆睁了凤眼，向他瞪了一眼，表示威吓他的意思。思浩冷笑了一声，说道：

"你喊好了，我也不会怕你的，你是一个向导女子呀！本来是我们男子的玩物，你还装什么正经……"

"放你狗屁！"

随了思浩这句话，忽听啪的一声，接着又骂了一句放你狗屁，原来花枝愤怒极了，伸手在他颊上不管三七二十一的就是一记耳光。思浩冷不防被打，身子方才跌了下去。花枝这才一骨碌翻身跳起，她也不和思浩再起什么交涉，抢了梳妆台上自己的那只皮包，便夺门逃出去了。思浩的计划，本来是长线放远鹞，现在甜蜜的美梦却完完全全地打破了，所以他心里是万分的愤怒，于是欲实行他一种辣手的报复。

花枝跌跌冲冲地奔出了大上海饭店门口，当她跳上一辆人力车的时候，才深深地透了一口气，心中暗想，原来这个奴才也是口里仁义道德，心内却是男盗女娼，可见世界上真正热心帮助人的，到底是没有的，无论是谁都有一种目的，幸亏老天爷有眼睛，终算我没有上了他的当，一面想，一面忍不住又暗暗地伤心了一会儿。

车子到了弄堂口，花枝付了车钱，又在隔壁糖食店里买了一只面包和一听牛奶，方才回到家里。推开房门，只见春明坐在一盏台灯下埋首疾书。这就装出了一副笑脸，表示很高兴样子，走到他的背后，拍了拍他的肩胛，低低地叫道：

"春明，你也太用功了，才好了一点儿，怎么不躺到床上去休养休养，却坐在桌边写起字来了？"

"哦！花枝，你回来了，我一个人在房中太寂寞了，所以在记一点病中的痛苦和你那种天无其高的情意。花枝，我病好了之后，不知怎么常闹肚子饿，此刻见了你手里拿着的面包牛奶，我的肚子会咕噜咕噜更加叫得厉害起来了。"

春明回头一见了爱妻，便把她拉到怀里，笑嘻嘻地回答。花枝也娇媚地坐在他的膝踝上去，像孩子般地逗了他一瞥顽皮的媚眼，忽然她又站起身来，说道：

"我这人真糊涂，忘记你才是病好的人，怕已累乏了你吧？"

"不！你这样娇小的身材儿，我虽然是病后新愈的人，但也还经得起你这些分量。花枝，你不是说去半个钟点就回家吗，怎么这许多时候呢？叫我等得真心焦的！"

春明却又把她抱住在怀里，把嘴儿凑到她粉颊上去吻香。花枝心中暗想：幸亏我此刻已经回来了，否则，我这一睡下去忘记了时间，那可糟的了。但春明这时闻到了一点酒气，便奇怪地问道：

　　"咦！你怎么有一点儿酒气？难道在外面喝过酒吗？"

　　"你不要急呀！我告诉你，我因为知道你病体好了很会肚子饿，所以叫你等在家里，我给你买牛奶面包去。不料回来的时候，就遇见隔壁的阿姨，她说今天是她阿狗十岁生日，叫我吃晚饭，我倒弄得很不好意思。告诉你，我礼也没有送，喝了一杯酒，便逃一般地回家来了，想想真有点难为情。"

　　"本来一点小事情，也何必拉人家吃晚饭呢！我说阿姨这人平日路道不大准足，所以这种人还是远开一点的好。"

　　"我也早已看出来了，但人家要拉住我吃饭，我也是情面难却，住在一个弄堂里，终要客客气气才好。春明，你肚子饿了，我弄点心给你吃吧！"

　　花枝听春明这样说，遂一面回答，一面去开罐头牛奶，切面包，但心中却暗想：春明倒是很会看人好坏的，明天假使给他知道我曾经做过这一件事，那真是糟糕的了，不知春明肯不肯原谅我的苦衷呢？想了一会儿，已把牛奶冲好一杯，送到春明的面前，又给他切了一盘面包。春明一定叫花枝也喝几口牛奶，吃两片面包。两小口子那种恩爱的情形，当然也是难以笔述的了。

这晚两人睡到床上的时候，春明摸着花枝羊脂般白腻的皮肤，忍不住笑嘻嘻地说道：

"花枝，我们算一算，足足有一个半月的日子不曾睡在一张床上了。想我在这一月半的病中，糊糊涂涂的也不知你怎么在摆布？所以我此刻想起来，觉得你真是能干。花枝，你在书局里一共借了多少钱呀？"

"书局里因为你生了病，所以很同情你，这些钱他们说是送给你当作医药费的，我们不算是问书局里借的，所以你这次虽然生了病，用了许多的钱，但事实上我们却一点儿也没有负债。"

花枝被他问得难以回答，因此心中一急，便急中生智地说出了这几句话。春明当然十分相信，还说这家书局到底是国营的，所以平日虽然待遇刻薄，到了急难的时候，终算有一番热心对待职员，这倒未始不是一件优点，因此心中还非常感激。但花枝听了，自然是分外感触。春明见花枝似乎微微地叹了一口气，这就偎过身子

181

去，笑道：

"我知道在这一月半的日子中，你是为我够辛苦的了，所以我心中对你也说不出什么感激的话，将来我有得意的日子，一定要好好地报答你。"

"春明，你又说这些笑话了，我们是夫妻，夫妻之间根本就用不到什么报答两个字的。你有得意的日子，我享福是应该的事。你有什么急难了，我吃苦也是应该的事。俗语说得好，夫妻恩爱，讨饭应该，你说这话是不是？"

"对了，我们是夫妻，夫妻有一种和普通不同的情分存在。花枝，你明白吗？"

春明见她娇躯躲偎在自己的怀里，抬了妩媚的粉颊，向自己情意绵绵地说，这就忍不住也笑了起来，同时他把花枝的樱桃小口又紧紧地吻住了。这天晚上，枕边私语情无限，帐中缠绵更旖旎，小别重逢，兴味愈浓，觉得除了新婚那一夜之外，当然是要算这一夜最甜蜜快乐了。

第二天早晨待春明醒来，花枝已烧好了水，服侍春明起来，洗漱完毕，然后冲牛奶切面包给他吃点心。春明因为自己已请了这许多日子的假期，现在人已复原，也不愿再多耽搁，遂匆匆到书局里去办公。这当然是做梦也想不到的事情，春明跨进书局的大门，就遇到一个同事汪君炎，他悄悄地拉春明到一块布告牌面前，说道：

"春明兄，你还来做什么？你倒看看这张布告，不是把你的生意已辞歇了吗？"

"什么？这是哪里说起？我又不是荒唐误事，一个人生病这是没有办法的事，难道经理先生就保得牢永远不生病吗？我和他评道理去！"

春明抬头一见那张布告，而且还是写着将自己开除的意思，一时气得全身有些发抖，一面恨恨地说，一面便欲冲进经理室内去评理。但被汪君炎拉住了，说道：

"春明兄，火气不要太大，经理先生有四五天不曾到来办公了，你和谁去评道理？"

"他为什么要四五天不来？难道也生了病吗？"

"嗨嗨！被你一猜就猜到了。我告诉你，这张布告还是半个月以前贴出的，我们同事们见了，心里都大为不平。他妈的！谁能保险说永远不生病？经理先生这种手段，到底也太毒辣一点了。但是无论什么事情，冥冥中自有报应的。万不料这种布告贴出后不到十天，经理先生却会中风了。送到医院，医生说是慢性脑膜炎，这种病症现在还没有特效药，所以是很难医治的。昨天王科长到医院去望过经理先生，他流着眼泪对王科长说，这都是因为他平日对待职员太为刻薄，所以会生这种病症。现在他很后悔，可是已经来不及了。虽然没有人可以去开除他，但到底也被脑膜炎开除了，不但开除到书局外面，而且还开除到世界外面。你想，这不是一件劝人为善的好新闻吗？所以我劝你也不必生气，有本领什么地方都可以吃饭，所以你知道了这个消息，也可以心平气和了吧！"

汪君炎絮絮地向他说了这么一大套的话，春明听在耳里，真的把一口怒气慢慢地平了下来。但忽然想到了一件事，便又低低地探问道：

"那么我在病中的时候，我内人曾经向经理先生来借钱的，经理先生不是借给我内人的吗？"

"哪里哪里，不但不借，而且还向尊夫人教训一顿呢！"

春明哦了一声，便和君炎匆匆作别。这时春明对于职业问题倒毫不放在心上了。一路在回家途上，却在想花枝这一月半来从哪里去弄来的钱给我作医药费并日用的开销费？而且她为什么要骗我呢？难道她是不正当拿来的钱吗？春明越想越狐疑，便急急地赶回家中来向花枝问明白了。

春明回到家里，只见花枝坐在桌旁，给春明补已经破了的短裤。她想不到春明这时候会回到家里来，因为春明满脸显出不高兴的样子，所以很惊奇地站起身子，还满堆了笑容低低地问道：

"咦！春明，你怎么去了又回来了？哦！莫非身子还感到有些吃力吗？我原叫你再休息两天，可是你偏不听我的话，还是快点儿再脱了衣服睡到床上去休养休养吧！"

"不！我倒并不是为了身子吃力的缘故。"

"那是为了什么呢？难道……"

春明摇了摇头，很颓伤地在椅子上坐了下来回答。花枝心中别别地一跳，她更加有点害怕的神气，急急地问下去。春明叹了一口气，说道：

"书局里经理真不是人养的，他竟然把我开除了。"

"啊！你，是生了病才请假的，他……怎么可以没有理由就把你开除了呢？"

"开除就开除了，这个倒也不必去再说他了。现在我有一件事，很觉得奇怪，你说这一月半来的开销费用及医药两项的费用，都是书局里经理因同情我而送给我的，但是据同事向我告诉，经理不但没有借给你钱，而且还把你教训了一顿。我想两头的话似乎不大符合，所

185

以我真有些疑心，你这些钱到底从什么地方去弄来的呢？花枝，我是你的丈夫，有什么困难的事都应该大家知道一点，所以你再不要来瞒骗着我，请你对我老实地说一个详细吧！"

春明拉了花枝的手，在他心中的意思，还是怕花枝一定做了苦工或是费了什么心血去赚来的，所以他是十二分怜惜花枝的样子。但花枝涨红了两颊，却急得汗点像雨水般地冒出来，她不知应该对春明怎样来告诉才好，因此支支吾吾地过了好一会子，还是说不上一句话来。春明心中奇怪，正欲继续向她追问，忽然见下面有个房东小弟弟送来一封信，春明接过，小弟弟便管自下去。春明见信封字样，竟写着"赵花枝小姐启"，一时十分稀奇，他也不和花枝说明是她的信，就急急地拆开来，念道：

亲爱的花枝妹妹吻鉴：

人生的聚散，真是意料不到的事情，那天在公园里遇见了你，承蒙你对我这样的热情，倾心相爱，我们终于缔结了不解之缘。我想起了这神秘的一幕情景，此刻心中还觉得无限的甜蜜，我几乎是飘飘欲仙起来了。就在这天夜里，我们两颗心就印在一块儿了。

你当初流着眼泪对我说，你的命真苦，因为你的丈夫病了，而且是病得非常的危险。假使他死了之后，你以后孤零零的将怎么样过生活好呢？那时候我是向你诚恳地安慰，劝你切莫伤心，我除了你之外，决不爱第二个女人。假使你丈夫死了，你当然可以和我结成永远的伴侣，那你还不是俪影双双地可以度甜蜜的光阴吗？你听了我这些话，竟然是挂着眼泪笑起来。你偎在我的怀里，对我兴奋地回答："但愿我丈夫能够早点死了，那我就可以和你做永久的夫妻了，因为我丈夫太贫穷了，每天过着这样吃不饱穿不暖的活地狱生活，我真是过得苦透的了。"

我听了你的话，我心里真有说不出地爱你。妹妹，你待我太好了，我将永远不忘记你对待我这一番痴心的爱，当时我把你这张樱桃般的小嘴儿紧紧地吮吻住了。

现在我们自分手后又有好几天不遇见了，不知道你丈夫的病可曾更沉重了吗？假使他已奄奄一息的话，那么你快点预先来告诉我，我

187

可以预备和你结婚时的一切事情，免得临时局促。别的话不多说了，祝你快乐，并颂你丈夫早死！

你的爱人吻启五月八日

十

    春明看完了这一封信，他心中的愤怒，真非作者一支秃笔所能形容其万一的了，暗自想道：原来在我生病的时候，花枝在外面已做了这些廉耻全无的勾当了，这就无怪了，显然这些钱都是那个男子送给她的了，想不到花枝外表这样深情蜜意，而内心却是比蛇蝎还要狠毒，她咒念我早点死了，她可以和人家去度快乐的光阴，我……岂非是瞎了眼睛吗？想到这里，一股子气愤向上直涌，他两手瑟瑟地发抖。花枝在旁边见他神色不对，还急急地问里面写的什么话。春明这就撩起手来，在她粉颊上啪的一记打了一个耳刮子，立刻把信掷到她的面前，还怒气冲冲地骂道：

    "好，好，花枝，你做的好事，你做的好事！你……怎么还有脸儿来见我？你……你……真是一个不知廉耻蛇蝎心肠的贱东西!"

"春明,你……你……不能冤枉我……"

花枝冷不防被他打了一记耳光,一时心中又急又怕,只说了这一句话,她的眼泪已扑簌簌地滚下来。春明还是咬牙切齿地说道:

"我冤枉你? 我……你……自己看,你自己看。"

"这……这……是谁想了这些毒计来害我?……啊! 天哪! 我……怎么会做这些事情呢? 春明,你是我亲爱的丈夫! 我……的性情我的人格,你……难道还不明白吗?"

花枝被他弄得七荤八素,遂拾起信纸来看,虽然有几个字不大认识,但大部分的意思,她也看得懂,一时也觉得这封信写得太下作了,无怪春明要气得这个样子。因为下面没有具名,连花枝自己也有点莫名其妙,所以一面急急地猜测,一面又流了眼泪向春明解释。春明冷笑了一声,他把手在桌子上猛力一挥,那些茶杯茶壶烟缸落在地上砰砰地碎了一地,恨恨地说道:

"哼! 谁写信给你? 你自己死人肚子里明白,倒还来问我吗? 我是个穷鬼,你吃不了这个苦,现在别的话也不用多说,只怨我自己瞎了眼,才会把一个无知无识的贱女子当作知音看待。我问你一句话,是你让我,还是我让你？不过你有好的地方去享福了，当然不会再来住这里破旧的房屋了，那么请你把你的东西都整理好了，给我马上就走！我不要再见你这个下贱的女子！你快快地整理吧！我在一个时辰以后回来，你若再不滚的话，那可不要怪我无情的手段来对付你了。"

"春明，春明，你……叫我走到什么地方去？你……你终要调查调查清楚再来赶走我呀！"

花枝见春明怒气冲冲地说完了这几句话，身子便向外面疯狂似的奔出去，这就急得伸手把春明拉住了，连哭带泣地说。春明回身不问三七二十一地把她狠命推倒在地上，还要向外就奔，但花枝在地上爬着抢上去，又拉住春明的裤脚管，苦苦哀求道：

"春明，你……你……能不能给我说几句话？你……叫我到什么地方去呀？"

"什么？你……难道一定要等我死了才肯走吗？那么你就譬如我已经死了。花枝，我也求求你，求你给我一点面子，我还年轻，我还想在社会上做一个人，我不能有你这么一个不贞节的女子来污辱我清白的一生！花枝，你给我走吧！"

春明恨恨地把她一脚踢开，他这回真的向外直奔了。花枝是直扑倒在地上，忍不住呜呜咽咽地哭泣起来了。哭了一会儿，她方才慢慢地爬起身子，心中又暗暗细想：我受了多少委屈，去搭救春明的病体，现在他听信了这一封无头的信，就忍心把我难堪到这样地步，那叫我做人还有什么滋味呢？虽然这封信给无论哪一个男子见了都要生气，但终要仔细想想自己的妻子会不会做这一种事情呢？一时觉得无法可以使春明信任自己，那是只有一死来表自己的清白了。想到了死，她真的会起了厌世之念，遂走到梳妆台旁边，在抽屉内取出一把剪刀，正预备自杀的时候，忽然见阿姨匆匆地走进来。花枝连忙放下剪刀，回转身来，只听阿姨叫道：

"妹妹，啊！你……你怎么在哭泣呀？难道和周先生吵了嘴吗？"

"阿姨，这是你害我的了。"

花枝说了这一句话，她倒在床上忍不住又哭泣起来。阿姨故作不知道的神气，啊呀了一声，走到床边，把她扶起身子来，低低地问道：

"妹妹，你……这是什么话？我什么事情害了你呀？"

"你叫我加入了这个社，因此遇到了苏思浩这个坏种，他……百般地引诱我，甚至那夜强奸我，幸而被我脱逃了，现在他又想出毒计来害我，虽然我没有肯定这封信是谁写的，但我知道除了他之外，还有谁来离间我们夫妻之情呢？不过我家的地址，他是不知道的，那除非是只有阿姨告诉他的了。"

花枝一面流泪，一面向她十二分怨恨地告诉，在她这些话中至少也有点埋怨阿姨的意思。阿姨啊了一声，连喊冤枉，说道：

"妹妹，你怎么怪到我的头上来了？我和姓苏的也不是亲戚，我怎么会把你的地址去告诉他呢？况且你现在到底是为了怎么一回事，我也莫名其妙呢。"

"你也认识字的，你把这一封信拿去瞧瞧，假使你是我的丈夫，你心中会不会生气呢？"

花枝把这封信交给阿姨，叹了一口气说。阿姨看了一遍，还假痴假呆地问道：

"那么你也不能瞎冤枉人呀！因为这信后没有具着姓名，到底是谁写的，我想你自己心里终有点知道，你到底有没有和人家发生过这么一回事呢？"

"阿姨，你又说混账话了，我怎么会和人家做这种不清白的事？老实地说，我做了这几天来的向导女，我从来没有把自己糟蹋过。现在我丈夫发了这么大的脾气，他要我跟了写信的人一同走，他不许我再在这屋子里住下去，我……没有办法使他可以相信我是一个清白的女子，我……我是只好一死了之。阿姨，我写不来许多向他解释的话，所以我在临死之前，向你托付，请你可怜我的遭遇，给我代为向春明解释一番吧！我就是在九泉之下，也感激你的了。"

花枝一面说，一面眼泪已像断线珍珠一般地直滚落下来。阿姨一本正经的样子，表示十二分的同情，低低地劝慰她说道：

"妹妹，你不要说这种呆话了，好好儿为什么要寻死呀！一个人生病死那是没有办法，寻死两字到底太犯不着了，所以我劝你千万不要有这一种想头。我说周先生也无非是一时的气愤，他慢慢地当然会想明白过来的。妹妹，你此刻还是到我家里去游玩一会儿，等回头我陪着你过来，倘然周先生再要对你发脾气，我也会给你向他劝解的。"

"阿姨，那我真是感激你了。"

一个人想寻死当然也只有一时之间的念头，在过去了这个念头之后，无论谁都不希望没奈何就这样死了，何况花枝完全是蒙了一种冤枉，所以经过阿姨这一阵子劝解，她也慢慢地把自杀的勇气消失了，终于身不由主地跟了阿姨，走到她的家里去了。阿姨家里有一桌子人在叉麻将，阿姨拉她坐在旁边观看消闷。但花枝如何有心思看人家打牌？所以坐在床边呆呆地出神。就在这时候，忽然见一个身穿西服的少年走进来，阿姨一见，便含笑相迎，叫着道：

"苏先生，你什么风儿吹来的？真难得过来，快请坐！"

"阿姨，我顺便走过这里来拜望拜望你，谁知你家里有了这许多客人。咦！花枝也在这里吗？"

原来这个男子就是苏思浩，他一眼瞥见了花枝，便故意装作出乎意外的神气，向她这么地问。花枝是个聪明的姑娘，她觉得天下的事情绝没有这样凑巧的，在她一见了思浩之后，心中这才恍然大悟，原来是他们做好了圈套，来硬生生地拆散我们夫妻的团圆，可以叫我投入他的怀抱里去。但他这种狡计是没有用的，我绝不会上他的当，他既然用这种毒辣的手段来陷害我，我岂肯饶放过他？花枝在这样一想之下，小姑娘的心也不免狠了起来，遂娇媚地白了他一眼，却是嫣然地笑起来。思浩被她一笑，觉得事情有了成功的希望，便挨近了身子，低低地说道：

"花枝，我们到外面去坐一会儿好吗？这里人太挤了，空气不大好，叫人有点头脑子涨。"

"好的，我们到外面去走走，我正要跟你说话。"

花枝因为已经打定了主意，所以便很快地站起身子来，向他点了点头回答。于是两人悄悄地溜出了阿姨的家，阿姨也故意装作没有看见的样子，随他们出外面去。这里思浩和花枝坐了一辆三轮车，先到一家咖啡馆吃咖啡。思浩低低问道：

　　"你不是有话对我说吗？不知道是什么事情？"

　　"哦！我问你，你可有过写信给我吗？"

　　"不，你家在什么地方我也不知道，我打哪儿来写信给你呢？"

　　花枝听他一本正经地向自己否认，一时暗想，难道果然不是他，另有其人吗？我想除了他之外，再没有什么人来和我作对了。于是眸珠一转，便又问道：

　　"那么你今天做什么来的？"

　　"今天我是无意之中来的，不料你也在阿姨家里，这真是一件凑巧的事情。"

　　"你也不用赖了，其实阿姨都已告诉了我，这封信是你写的，你和阿姨做好了圈套，因为你心中太爱我的缘故，对不对？"

　　花枝噘了噘小嘴儿，向他低低地说，脸上还含了微微的一笑，显然是并无一点怨恨的样子。思浩一听阿姨都已告诉了她，一时倒反而中了她的计，遂笑了一笑，诚恳地说道：

"既然你也明白是我爱你一番痴心的缘故，那么请你原谅我这样做了。"

"不过你不该用这一种手段，因为我丈夫现在把我赶出了，那你不是害了我吗？"

"真的吗？那是再好没有了，因为他赶出了你，你可以跟我去组织新家庭呀！花枝，你放心，只要你肯嫁给我，我给你顶一幢小洋房，买一套红木家具，而且，而且还给你买一粒挺大的钻戒，不知你心里喜欢吗？"

"你待我这样好，我当然十分喜欢，不过你家中本来有妻子的，难道叫我做小老婆去吗？"

"不，不，我当然可以和家中妻子去离婚的，只要你肯答应我来爱你。"

"也好，承蒙你爱到我这个样子，我就决定给你做妻子了。"

"花枝，我太感激你了，那么今天晚上我们住到大华旅馆去好不好？"

"反正我的身子终是你的了，就称了你的心吧！"

"哦！我的好宝贝、好心肝，我真是太爱你了，就是我为你死了，我也甘心情愿的了。"

思浩喜极欲狂，猛可握住了花枝的手，十二分兴奋地说。花枝含了无限痛愤的心，但表面上还逗了他一瞥羞人答答的娇笑。

这天晚上，天空中乌云密布，忽然落起大雨来了。春明这时坐在窗口的旁边，听了窗外的暴风狂雨，俄而如万马奔腾，俄而如千军冲锋，黄豆般大的雨点，滴滴答答打在玻璃窗片上，好比是落在他心坎上一般的痛苦。他的眼眶子里贮满了泪水，他心中是懊悔了，他觉得自己是太鲁莽了，可怜花枝在这暴风雨的黑夜里，她到什么地方去安身好呢？他想到这里，在眼前忽然见到花枝披头散发地在马路上奔，她浑身都淋湿了，像落汤鸡般地在马路上徘徊。春明有点神经失常地站起身子，伸张了两手扑上去，口中还叫道：

"花枝！花枝！我……错怪了你，你……为我已经受了许多的苦楚，不管你是否清白，但你在我这一月半日子的病中，你待我到底是太好了。"

春明话还没有说完，他身子扑了一个空，这就伏在桌子上忍不住大哭起来了。

雨还是像倒一般倾泻下来，而且在几次闪电之中而响了一个震天价的霹雳。

一夜暴雨，第二天早晨，枝头上的花朵已凋零了。

春明是一夜没有好好地睡，一清早就到弄堂口去走。在走到弄堂口的时候，他自己也不明白为什么出来。正在四顾茫茫，不知哪里有知音？忽听一阵卖报孩子的叫声，触入了耳鼓，使他的知觉忽然清醒过来。

"老《申报》要伐老《申报》？今朝新闻实在多，市政府出毛病，大华饭店惨杀案，南京路又出花样经，快点来买呀，快点来买呀！"

这一阵子喊叫，把春明也喊得心动起来，遂连忙买了一张，翻开来看，只见封面一个标题是"市府要人钱斌忠周兆光昨被暗杀"等字样。一时心中别别乱跳，遂细细详看内容登载着道：

　　昨日午后三时，市政府开机密会议，到会者有钱斌忠、周兆光、施乃千、路西平及日本乌吉太郎等多人。至四时三刻，大会结束，均纷纷离开会场，预备登车之际，不料突有身着蓝衫之青年两名，持枪向钱氏、周氏射击，当时猝不及防，不幸中弹倒地，周兆光当场毙命，钱斌忠车送医院，因流血过多，延至午夜十二时亦伤重而逝。闻此次暗杀，乃系三青团所干，市府已特派侦缉队，将严密消灭该叛徒之暴行云。

春明看了这则新闻，他并没有表示什么痛惜，因为认贼作父，卖国求荣，今日之结果，当然是罪有应得，幸而我已脱离家庭，否则，我还得给一班社会人士更要唾骂得无容身之地矣！一面想着，一面又翻了一张，忽见第二版记载新闻，标题是：

大华饭店惨杀案！
玩弄女性！浪子下场！

本市南京路大华饭店，昨日下午四时五十分，有青年男女二人前来投宿，当开三楼四十五号房间，旅客单上填写为苏思浩、赵花枝。当即付了房金，二人又匆匆出外，至晚上九时许方携手而归。两人均有酒容，意殊兴奋，即闭门而寝。至十二时许，忽闻呼救之声，随即杳无声息，茶役阿根颇为惊疑，遂注意各房间之行动，时四十五号房门开处，有一少女形色慌张而出，拼命而奔。阿根追至大门，时暴雨倾盆，少女不顾左右，窜奔马路，竟被汽车所撞，当即车送仁民医院。据云被人玩弄，故愤而杀之，因该少女伤势颇重，入院后即昏迷不

省人事，又闻苏思浩者，乃钱斌忠之女婿，故
钱小姐既闻父亲被害，又悉夫君惨死，不禁为
之昏厥云。

　　春明瞧完这则新闻，他也不知道是痛是恨，立刻坐
了车子，急急赶往仁民医院，问明了房间，就奔了进
去。只见花枝头上扎了纱布，奄奄一息地睡在病榻之
上。春明悲从中来，遂抱住了花枝，放声大哭。花枝抬
头一见春明，她淡白的脸上展现了一丝苦笑，低低地
说道：

　　"春明，我想不到今天还能够见到你一面。"

　　"花枝，我害了你，我太不应该了，叫我怎么能够
对得住你？"

　　"不，害我的不是你，是这黑暗的社会、险恶的环
境。春明，我……没有忘掉廉耻两个字，我的身体是清
白的，他……要离间我们夫妻的感情，所以才写了这一
封信给我。春明，你上他的当了。"

　　"我知道，但是你们怎么认识的呢？"

　　"春明，这事说来话太长了，恐怕我已说不完这许
多话了吧！但是我在没有断了这口气之前，我有多少时
间可以告诉你，我总要对你说一个明白。书局的经理太

不近人情，他不肯给我暂支你的薪水，还把我骂了出来，我没有办法，在弄堂口遇见阿姨，阿姨肯借钱给我，而且还介绍我到工厂里去做工。啊！天哪！我信以为真，谁知这不是什么工厂，却是所谓出卖身体的向导社呀！"

"花枝，我知道了，你为了要医我的病，你没有办法，你只好忍辱地委屈了，是不是？"

"是的，我含了一眶子痛苦的泪，我终于瞒着你去做这些下贱的工作了。但是，不，我并不下贱，我没有出卖我的身体，为了这样，他和我结了怨仇，所以……所以他便想出毒计来害我了。我心中是万分的痛恨，我要给一班被玩弄的女性报仇，现在终于给我达到了愿望，可是我……春明，你明白了吗？我们就这么地分手了……"

花枝说到这里，她好像已完成了一切重大的责任，很安静地闭下眼睛来，悄悄地长眠了。春明完全知道了其中的一切，他痛悔，他心碎，他愤恨，他大叫了一声："花枝，我害了你！"终于昏厥在花枝的尸首旁边了。

这是一个天气清朗的早晨，春明在花枝墓地上去吊祭一回，作最后的留恋。他将离开这万恶的上海，他要

202

去自由的地区，找寻他前途的光明。最后他低低地说：

"花枝，我希望这次走了，不再回上海来，我们就在另一个世界上再相亲相爱地度过光阴吧！"

花枝睡在黄土垄中，当然是不会回答他，只有几阵早晨的风儿，吹着树叶儿呜咽的声音，好像说道：

"春明，希望你为国效劳！踏上成功的大道！"

春明呆呆地站了一会儿，他踏着沉重的步子，在朝阳初升的光线中消失了他瘦长的影子。花朵儿凋谢了，春天是已经归去了。

（全书完）